Bettina Göschl
Klaus-Peter Wolf

Die Nordseedetektive

Unter Verdacht

JUMBO

6. Auflage 2023

Text: Bettina Göschl, Klaus-Peter Wolf
Illustrationen: Franziska Harvey
Lektorat: Lisa Schachtschneider
Grafische Bearbeitung: Katrin Wahl
Druck: FINIDR, s.r.o., Tschechische Republik
ISBN: 978-3-8337-3865-4

Das gleichnamige Hörbuch, gesprochen von Uve Teschner, ist im **JUMBO** Verlag erschienen (ISBN 978-3-8337-3895-1).

www.jumboverlag.de

Bettina Göschl
Klaus-Peter Wolf

Illustriert von Franziska Harvey

Familie Janssen

Mick – ein Papa für alle Fälle

(Lebens-)Künstler, schreibt Bücher, liebt seine Kinder über alles

Sarah – Mama mit Leib und Seele

Sängerin und Schauspielerin

Lukas – der Technikprofi

Emmas Bruder hat nicht nur für Digitalkameras ein gutes Händchen.

Emma – die Clevere

Der rote Wuschelkopf steckt voller guter Ideen!

Wichtige Detektiv-Utensilien

Großonkel Janssens Handbuch

1. Kapitel

Die beiden Gangster Lang und Finger hatten wegen guter Führung ein paar Tage Hafturlaub bekommen. Doch anschließend waren die beiden nicht – wie versprochen – ins Gefängnis zurückgekehrt. Lang und Finger hatten Unterschlupf in dem Ferienhaus der Familie Huber in der Nähe des Norddeicher Hafens gefunden. Die Familie Huber aus München machte hier jedes Jahr nur ein paar Wochen Urlaub. Den Rest der Zeit stand das Haus leer. Im Wohnzimmer hing ein Bild von Frau und Herrn Huber.

Sie wirkten sehr sympathisch. Herr Huber war klein, pummelig, hatte einen Rauschebart und ein freundliches Gesicht. Frau Huber dagegen war schlank und blond und sah in ihrem Dirndl wunderschön aus. Um nicht sofort wieder erkannt und verhaftet zu werden, versuchten Lang und Finger, ihr Aussehen zu verändern. Lang fand im Schrank drei Dirndl und eine blonde Langhaarperücke.
Er wollte sich als eine schöne, junge Frau im Dirndl verkleiden und am liebsten so aussehen wie Frau Huber. Aber die Verwandlung klappte nicht so richtig. Die Kopfhaut unter der Perücke juckte entsetzlich, sodass er sich immer wieder kratzen musste. Der ausgestopfte BH verrutschte ständig. Frau Hubers Pumps sahen zwar schön aus, aber sie waren viel zu klein und drückten. Lang hatte Mühe, nicht umzuknicken. Er stellte sich vor den Spiegel und betrachtete sich. „Wie sehe ich aus, Finger? Glaubst du, ein Polizist würde mich so erkennen?“

Finger grinste. „Du siehst aus wie ein entflohener Sträfling in Frauenklamotten."
„Ja, willst du etwa als Frau Huber gehen, oder was?", schimpfte Lang. „Meinst du, dir steht das Dirndl besser?"
Finger winkte ab und zog sich Herrn Hubers silbergrauen Trachtenanzug an. Er passte ihm wie angegossen. Fast jedenfalls. Also, der Anzug war ihm mindestens eine Nummer zu klein. Dann setzte sich Finger den bayerischen Hut mit Gamsbart auf.
Lang lachte. „Na, so fällst du in Ostfriesland garantiert nicht auf."
„Weißt du was, Lang? Wir müssen nicht nur unser Aussehen verändern, sondern auch unsere Namen", schlug Finger vor.
„Wieso?", fragte Lang. „Ich finde meinen Namen schön."
„Aber wenn wir uns als Lang und Finger vorstellen, weiß jeder gleich, dass wir Gangster sind. Unter diesen Namen kennt uns hier jeder", entgegnete Finger.
„Na und! Wir sind doch auch Gangster", sagte Lang nicht ohne Stolz.

„O Mann!“, stöhnte Finger. „Das soll doch keiner wissen, du Pappnase. Oder willst du gleich wieder ins Gefängnis wandern?“
Lang kämmte sich die Perückenhaare und sagte: „Und wie sollen wir uns nennen, hä? Klaps und Mühle vielleicht?“
„Quatsch!“, sagte Finger. „Ich dachte eher an Tiger und Kralle.“
Lang verdrehte die Augen. „Da können wir uns ja gleich Koch und Topf nennen.“
Finger strich mit seiner Hand über den weichen Gamsbart und schlug vor: „Also ich könnte mich Herr Spitz nennen und du dich Frau Bube. Das sind doch schöne Namen.“
Lang tippte sich an die Stirn. „Da gefällt mir Herr Ein und Frau Brecher schon besser.“
„Ha, ha, sehr witzig!“, maulte Finger. „Dann doch lieber Herr Beutel und Frau Schneider.“
Lang strich sich den Rock des Dirndls glatt. „Ich hab's. Du heißt jetzt Knall und ich Frosch!“

Aber das fand Finger doof. Kaum hatten sie sich auf die Namen Taube und Nuss geeinigt, klingelte es an der Tür. Durch den Spion sah Lang den Polizisten Stone. Der Schreck fuhr ihm in die Glieder. „Mist!“, zischte er. „Der Spaß hat ja nicht lange gedauert. Sie kommen uns schon holen.“
„Blödsinn!“, flüsterte Finger. „Du bist jetzt Frau Taube und ich Herr Nuss!“
Vorsichtig öffnete Lang in seinem Dirndl die Tür einen Spalt. Mit hoher Stimme sagte er: „Oh, Herr Wachtmeister. Was kann ich für Sie tun?“
Der Kommissar stellte sich freundlich vor: „Entschuldigen Sie die Störung. Stone mein Name. Sind Sie hier Feriengäste?“
Lang, der sich jetzt Taube nannte, antwortete: „Aber ja, Herr Stone. Wir wollten schon immer mal in Ihrem wunderschönen Städtchen Urlaub machen. Mein Mann und ich lieben die Küste.“
„Ich bin nur gekommen, um Sie zu warnen“, erklärte der Kommissar.

„In Norden und Norddeich sind ausgebrochene Sträflinge gesichtet worden. Schließen Sie abends gut ab und lassen Sie keine Wertgegenstände herumliegen. Wenn Sie etwas Verdächtiges bemerken, können Sie sich jederzeit an unsere Polizeidienststelle wenden."
Lang räusperte sich und flötete: „Oh, das ist aber aufmerksam von Ihnen."
Stone rieb sich die Augen. Gestern Abend hatte er sich auf seine Brille gesetzt und war heute Morgen ohne sie aus dem Haus gegangen. Er konnte zwar von hier aus jede Möwe am Deich erkennen, aber einen halben Meter vor seinen Augen verschwammen die Dinge. Vielleicht fand er Frau Taube deshalb so schön. Die Dame erinnerte ihn sehr an seine alte Jugendliebe.
Kommissar Stone gab Frau Taube seine Visitenkarte und verabschiedete sich mit den Worten: „Wenn Sie Hilfe brauchen, melden Sie sich gern."
Lang trat von einem Fuß auf den anderen, so unbequem waren die Pumps. Aber er

riss sich zusammen und sagte: „Schön, dass es in Ostfriesland noch Gentlemen gibt!" Lang schloss erleichtert die Tür. „Die blöden Schuhe bringen mich um. Sie sind mir mindestens eine Nummer zu klein." Er zog die Pumps aus und rieb sich die Füße. Finger kicherte. „Ich glaube, der Stone hat sich ein bisschen in dich verliebt", stichelte er. „Du bist ja auch wirklich eine höchst attraktive Frau …"

2. Kapitel

An der Hauswand der Villa Janssen in der Tunnelstraße hatte Mick Janssen für Emma und Lukas einen Basketballkorb angebracht. Hier spielten die Kinder fast täglich.

Heute lag Emma mit ihren Korbbällen gar nicht so weit hinter Lukas. Sie hatte schon sechs Würfe in Treffer verwandelt, Lukas sieben. Aber wer in Ostfriesland Ball spielt, hat meist einen starken Gegner: den Wind. Schon zweimal hatte eine starke Windböe den Basketball in Kunschewskis Garten getrieben. Hasso, der Wachhund des miesepetrigen Nachbarn, sah zwar gefährlich aus, hatte aber vielmehr das Gemüt eines Kaninchens. Der Hund freute sich jedes Mal, wenn der Ball auf das Grundstück fiel, das er bewachen sollte. Hasso dachte, dass die Kinder mit ihm spielen wollten. Aber in seinem Übereifer hatte der Hund beide Male den Ball zerbissen. Das wiederum fand Herr Kunschewski gut, der Kinder grundsätzlich nicht leiden konnte. Und Emma und Lukas waren besonders schreckliche Kinder, fand er. Vor allem Lukas' Lachen konnte der Nachbar nicht ertragen. Er hielt es einfach nicht aus, wenn die Kinder fröhlich waren und ihren Spaß hatten. So hatte Kunschewski sich gefreut, als sein Wachhund den Ball der Kinder zerbissen hatte und ihn dafür mit einem Leckerchen belohnt.

„Mein Hasso ist ein ausgebildeter Wachhund und zerfetzt alles, was sich unerlaubt meinem Haus nähert. Dies ist mein Grundstück!“, hatte er gedroht. Aber zum Glück hatten Emma und Lukas einen neuen Ball von ihren Eltern bekommen. Die beiden mussten allerdings versprechen, gut darauf aufzupassen. Geschickt warf Emma den nächsten Ball in den Korb. „Gleichstand!“, jubelte sie.

Sieben Korbbälle für Emma, sieben für ihren Bruder. Zwei Dohlen saßen auf der Dachrinne und sahen gespannt zu. Lukas versuchte, Emma den Ball abzunehmen, aber es gelang ihm nicht. Sie dribbelte geschickt an ihm vorbei und versuchte einen Sprungwurf. In dem Moment, als Emma den Ball warf, bog eine Windböe die Baumkronen. Sie erwischte auch den Ball. Er landete leider nicht im Korb, sondern

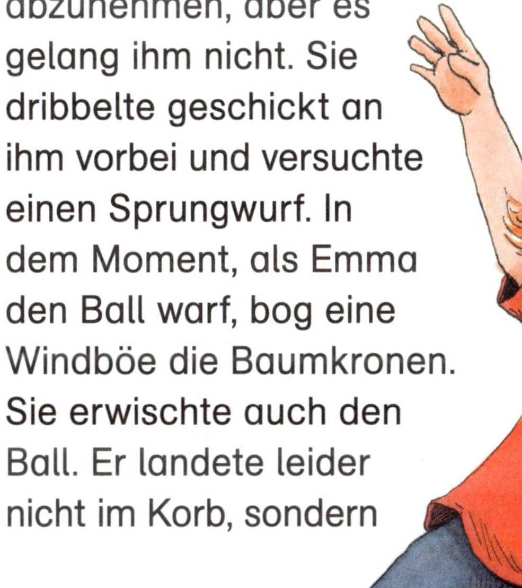

auf Kunschewskis Garagendach. „So ein Mist!“, schimpfte Lukas.
„O Mann, nicht schon wieder!“, stöhnte Emma.
Freudig sprang Hasso an der Garage hoch, konnte den Ball aber nicht erwischen.
„Na, wenigstens kommt Hasso diesmal nicht an ihn ran!“, bemerkte Lukas.
Emma nickte. „Allerdings. Mama wäre sonst nicht begeistert, wenn schon wieder ein Ball kaputt ist.“
„Mach dir keinen Kopf, Emma“, sagte Lukas. „Ich gehe mit unserer Leiter rüber und hole ihn.“
„Bist du dir sicher, Lukas?“, fragte Emma. „Mit dem Kunschewski ist nicht zu spaßen, das weißt du doch.“
Lukas winkte ab. „Ach was. Was soll mir der alte Miesepeter denn tun? Ist außerdem unser Ball. Und sein unglaublich gefährlicher Wachhund ist sowieso eher ein Kuscheltier.“
Lukas und Emma liefen hinter die Villa Janssen und holten die Holzleiter aus dem Schuppen. Emma half Lukas, die

Leiter über den Zaun zu heben. Von Herrn Kunschewski war nichts zu sehen. Kaum befanden sich die Kinder auf seinem Grundstück, lief Hasso auf die beiden zu. Er sprang freudig an Emma hoch. Sie kippte nach hinten und fiel auf ihren Hintern. Dann schleckte ihr der Wachhund übers Gesicht. „Igitt. Hör auf, Hasso!“, maulte sie. Lukas lehnte die Leiter an die Garage. Kaum hatte er die

ersten Sprossen erklommen, erschien der Nachbar und schimpfte: „Was machst du da, du Rotzlöffel? Du zertrampelst mir meinen Rasen."
Emma stand auf, wischte sich das Gesicht ab und versuchte, den Nachbarn zu beruhigen. „Wir wollen nur unseren Ball holen, Herr Kunschewski. Der Wind hat ihn zu Ihnen rübergeweht."
„Papperlapapp!", schnauzte der Nachbar. „Das ist Hausfriedensbruch. Ihr habt hier nichts verloren!"
„Hausfriedensbruch?", fragte Lukas. „Aber ..."
Langsam ging Kunschewski auf Lukas zu. „Meine Videoüberwachungsanlage hat euch gefilmt. Wenn ihr nicht sofort verschwindet, rufe ich die Polizei."
Emma und Lukas ließen die Leiter einfach stehen und flohen zurück zur Villa Janssen. Hasso bellte hinter ihnen her.
„Ich denke, wir warten doch lieber, bis es dunkel ist, Emma!", schlug Lukas leise vor. „Dann versuchen wir es noch einmal."

3. Kapitel

In der Küche der Villa Janssen roch es nach gebratenem Fisch. Erst gestern hatten die Kinder mit ihren Eltern am Großen Meer bei Bedekaspel einen Hecht gefangen. Sarah Janssen liebte diesen wunderschönen Ausflugsort zwischen Aurich und Emden. Emma fand es lustig, dass das Große Meer eigentlich ein See war, während das wirklich große Meer vor ihrer Haustür am Deich als Nordsee bezeichnet wurde.
Papa stellte die dampfenden Salzkartoffeln auf den gedeckten Mittagstisch. Dazu gab es selbstgemachte Kräuterbutter und

gemischten Salat. Mama verteilte den duftenden Fisch auf die Teller.
Sofort schob sich Emma eine Gabel davon in den Mund und schwärmte: „Es geht doch nichts über selbstgefangenen Fisch."
„Aber passt gut auf!", warnte Mama. „Der Hecht hat Gräten."
Emma verdrehte die Augen: „Mama, wir sind doch keine Babys mehr!"
Papa Mick strahlte. „Ist es nicht schön, dass wir schon so große Kinder haben, Sarah? Emma und Lukas sind vernünftig und selbstständig. Wir können die beiden ruhig ein paar Tage alleine lassen."
Lukas zwinkerte Emma zu. „Logo. Wir kommen klar, Papa!"
„Ich habe euch für jeden Tag etwas vorgekocht!", erklärte Mama. „Der Linseneintopf und die Fischsuppe halten sich im Kühlschrank locker zwei, drei Tage. Ihr müsst es euch nur warm machen." Mama erhob den Zeigefinger. „Aber wenn ihr kocht, bleibt ihr am

Herd stehen. Und bitte nicht vergessen, ihn danach auszuschalten.“

„Aber Mama!“, sagte Emma. „Wir sind doch die Nordseedetektive. Wir haben schon schwerere Fälle gelöst, als einen Linseneintopf aufzuwärmen.“

Mama lächelte und sagte: „Hauptsache, ihr vergesst nicht, morgen zur Schule zu gehen! Und meldet euch bei Frau von Hellershausen, wenn etwas sein sollte, okay? Die alte Dame mögt ihr doch so gern.“

„Aber Sarah“, lachte Mick, „du weißt doch: Unsere Kinder sind verantwortungsbewusst, klug, eigenständig und fantasiebegabt.“

„Na, dann ist ja alles gut!“, freute sich Mama. „Und nun lasst euch den Hecht schmecken.“

Nach dem Essen packten Mama und Papa den alten, roten Jaguar.

Das Auto war ein Erbstück des verstorbenen Onkels von Mick Janssen. Theodor C. Janssen hatte der Familie die alte Villa hinter dem Deich vererbt. Er war einst ein berühmter Meisterdetektiv gewesen, der viele geheimnisvolle Fälle gelöst hatte, an denen die Polizei gescheitert war. Noch heute besuchten Menschen, die von seinem Tod nichts wussten, die Villa Janssen, um den Meisterdetektiv zu engagieren. In der Zeit, in der Mick Janssens Bücher noch wie Steine in den Buchhandlungen gelegen und sich nicht verkauft hatten, hatte er mit seinen Kindern einige Fälle übernommen. Aber in letzter Zeit hatte

Papa Mick mit seinen Romanen einfach zu viel zu tun. Deshalb waren Emma und Lukas auf eigene Faust einigen Verbrechern auf die Spur gekommen. So hatten die beiden als Nordseedetektive einige Berühmtheit erlangt. Besonders fasziniert waren die Geschwister vom *Handbuch für gute Detektive*. Bei ihren Ermittlungen konnten Emma und Lukas immer wieder darin nachlesen. Es hatte ihnen bei der Lösung ihrer Fälle oft geholfen.

Theodor C. Janssen hatte das Handbuch selbst verfasst und ihnen hinterlassen. Lukas konnte es fast auswendig. Er fand es viel spannender als das Schullesebuch.

Beim ostfriesischen Vorlesewettbewerb hatte Emma in der Endausscheidung einige Ausschnitte aus dem Handbuch vorgelesen und damit sogar den dritten Platz belegt. Bei den Kapiteln *Auffinden einer verschwundenen Person* und *Alles sehen, ohne selbst gesehen zu werden* hatten ihre Mitschüler gespannt zugehört.
In der Garage der Villa Janssen stand ein Spezial-Detektiv-Bus. Der Meisterdetektiv hatte den VW-Bus selbst umgebaut. Er hatte ein nach oben ausfahrbares Fernrohr inklusive Teleskopauge, durch das Theodor C. Janssen unbemerkt verdächtige Personen beobachtet hatte. Auch eine Abhöranlage mit Richtmikrofon und eine Fotostation gehörten zur Ausrüstung des Busses. Die Fenster waren verdunkelt, damit niemand von außen hineinsehen konnte. Außerdem konnte ein kugelsicheres Schutzblech aus den Fensterschlitzen in den Türen nach oben gefahren werden. Der Spezial-Detektiv-Bus wurde dadurch

JUMBO

Klaus-Peter Wolf · Bettina Göschl

www.jumboverlag.de

Die Nordseedetektive

Kinderbücher von Bestsellerautor Klaus-Peter Wolf und KiKA-Star Bettina Göschl

© Monika Schillinger

© JUMBO Verlag

Buch · ISBN 978-3-8337-4575-1

Buch und Hörbuch erscheinen am **16.03.2023**

CD · ISBN 978-3-8337-4620-8

Eingebettet in die Rahmenhandlung, werden jede Menge spannender Fakten rund ums Meer vermittelt. So lernt man zusammen mit Emma und Lukas einiges über Natur, Kultur und geschichtliche Ereignisse.

Buch · ISBN 978-3-8337-4306-11

Du wolltest schon immer ein echter Meisterdetektiv oder eine Meisterdetektiv*in werden? Knifflige Rätsel, Basteltipps, Knobeleien und sogar leckere Rezepte sind hier versammelt. Und wenn du alle Aufgaben gelöst hast, dann wartet ein echter Detektivausweis auf dich.

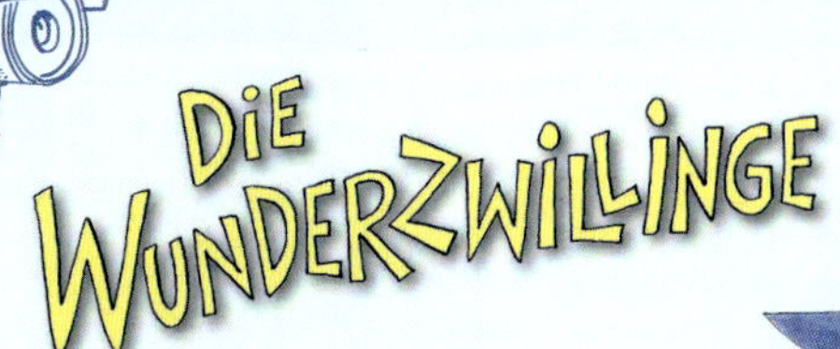

Laura und Leonie

Buch · ISBN 978-3-8337-4576-8 · Band 4

CD · ISBN 978-3-8337-4602-4

Im großen Wunderzwillinge Finale haben Laura und Leonie ausnahmsweise keine Probleme mit Ganoven, aber dafür mit der Polizei! Ein Entführer macht Freiburg unsicher, und plötzlich wird Vater Wunder verhaftet. Die Zwillinge sind außer sich: Kommissar Schimunski kann doch nicht ernsthaft glauben, ihr Papa hätte ihren Klassenkameraden Karli entführt und Lösegeld erpresst? Laura muss unbedingt schnell den echten Entführer schnappen, um ihren Vater zu retten – natürlich mit Leonies Hilfe.

Buch · ISBN 978-3-8337-4429-7
CD · ISBN 978-3-8337-4441-9

- Von Bestsellerautor und Krimispezialist Klaus-Peter Wolf
- Ein Zwillingspärchen räumt auf – spannende Fälle für Laura und Leonie

Ein spannender und witziger Kinderkrimi von Klaus-Peter Wolf. Eine kurzweilige Geschichte mit zwei liebenswerten Heldinnen, die unterschiedlicher kaum sein könnten. Christa Schulte-Vetter, Buchhändlerin auf *NetGalley*

Buch · ISBN 978-3-8337-4466-2
CD · ISBN 978-3-8337-4463-1

Buch · ISBN 978-3-8337-4529-4
CD · ISBN 978-3-8337-4517-1

Best.-Nr. 63 9119 · Stand November 2022

JUMBO Neue Medien & Verlag GmbH
Henriettenstr. 42 a · 20259 Hamburg · Tel. 040 / 4 29 30 40-0
Fax 040 / 4 29 30 40-29 · info@jumbo-medien.de · www.jumboverlag.de

praktisch einbruchsicher. Es gab darin sogar eine kleine Küche mit Herdplatte und eine Schlafmöglichkeit für den Notfall. Lukas fand, es sei das schönste Kinderzimmer der Welt. Jedenfalls fast. Denn in der Villa Janssen teilte er sich mit seiner Schwester ein Zimmer. Es lag ganz in der Nähe des alten Detektivbüros. Die Geschwister hatten darin sogar ein Zelt aufgebaut, in dem sie übernachten konnten.
Der Meisterdetektiv Theodor C. Janssen hatte den Spezial-Detektiv-Bus zusätzlich mit einem Außenlautsprecher versehen. So konnte er den Bus, während er drin saß, wie einen hungrigen Löwen knurren und brüllen lassen. Zwei mit Tinte gefüllte Wasserpistolen machten den Spezialbus in Lukas' Augen zu einem Fahrzeug wie aus einem James-Bond-Film.
Mick hatte einen wichtigen Termin bei seinem Verlag in Hamburg. Sein neuer Kriminalroman sollte in einer höheren Auflage erscheinen, worüber er sich sehr freute. Sarah hatte einen Auftritt

in der Hansestadt und war froh, ihren Mann begleiten zu können. Denn Sarah Janssen war als Sängerin und Schauspielerin in einem Tourneetheater oft ohne ihre Familie unterwegs.
Emma lief mit ihrem roten Elefanten unter dem Arm zu ihren Eltern, um sich von ihnen zu verabschieden. „Mama, Papa, dürfen wir heute Nacht im Bus schlafen?“, fragte sie.
„Au ja!“, rief Lukas begeistert.
Aber Papa schüttelte den Kopf. „Nichts da! Ihr müsst doch morgen in die Schule. Wenn ihr im Bus übernachtet, seid ihr völlig unausgeschlafen.“
„Bitte, Papa!“, bettelte Emma.
„Aber ihr habt darin zu zweit kaum Platz zum Schlafen“, erwiderte Mama.
„Dann ist es doch besonders gemütlich!“, sagte Lukas.
Mama stöhnte, aber dann lachte sie.
„Ihr macht doch sowieso, was ihr wollt. Hauptsache, ihr kommt morgen früh aus den Federn.“
„Versprochen, Mama!“, jubelte Emma.

Dann drückte sie ihrer Mutter einen Kuss auf die Wange.
Morgen wollte die Schule einen Ausflug ins Teemuseum nach Norden machen. Darauf freuten sich die Kinder schon seit Tagen. Emma und Lukas winkten ihren Eltern hinterher.
„So!“, sagte Lukas. „Jetzt haben wir freie Bahn. Und sobald es dunkel ist, holen wir uns den Ball vom blöden Kunschewski wieder.“

4. Kapitel

Lang und Finger, die sich jetzt Taube und Nuss nannten, genossen den Abend in ihrer Ferienwohnung. Die beiden Gangster waren begeistert von dem übergroßen Flachbildfernseher. Sie wollten ein Fußballspiel gucken und dabei etwas knabbern. Zu gern hätten sie sich eine Pizza bestellt, ein paar Chips und Erdnüsse gekauft und eine Flasche Wein getrunken. Aber leider hatten sie nicht mehr als zwei Euro und vierzehn Cent. Und das war entschieden zu wenig.

Nuss litt seit Jahren an Asthma und einer Hausstauballergie. Schon alleine deswegen tat ihm die Nordseeluft gut und es zog ihn immer wieder ans Meer. Er hatte das Fenster im Wohnzimmer sperrangelweit geöffnet. Der Wind blies ins Zimmer und bewegte die Deckenlampe hin und her. Aber Taube schimpfte: „Mir ist kalt, Mensch. Mach das Fenster zu!"
„Das Fenster bleibt offen!", beharrte Nuss. „Ich hab im Gefängnis immer darunter gelitten, dass alles verschlossen war."
Irgendetwas kitzelte Nuss in der Nase und er musste laut niesen.
„Siehst du!", sagte Taube. „Du erkältest dich."
„Blödsinn!", wehrte Nuss ab. „Ich rieche den Qualm einer billigen Zigarre. Das erinnert mich irgendwie an …" Wieder musste Nuss niesen.
„… an euren alten Boss Nase!", donnerte eine Stimme von draußen. „Stimmt's, ihr Versager?"
Taube und Nuss zuckten zusammen, als sie die Stimme erkannten.

Boss Nase stand am offenen Fenster und blies Zigarrenqualm in den Raum. Nuss musste husten und wedelte mit der Hand vor seinem Gesicht herum. Der Rauch nervte ihn. Seine Augen tränten.
„Ich fass es nicht!“, stöhnte Taube. „Was machst du denn hier, Boss Nase?“
„Wir dachten, du sitzt im Knast!“, staunte Nuss.
Boss Nase grinste und zeigte seine gelben Zähne. „Das dachte ich von euch auch, ihr dummen Sumpfhühner.“

„Tja!“, sagte Taube stolz. „Wir haben unseren Hafturlaub eigenmächtig verlängert. Und was ist mit dir?“
Boss Nase lachte laut. „Ich bin auf Bewährung draußen. Weil ich so eine gute Sozialprognose habe.“
„Hä?“, brummte Nuss. „Was für eine Diagnose?“
„Nicht Diagnose, du Dumpfbacke!“, erklärte Boss Nase. „Sozialprognose. Das bedeutet, die Richterin – das dumme Schaf – glaubt, dass ich gute Chancen habe, ein ehrlicher, anständiger Mensch zu werden.“
Taube und Nuss brachen in brüllendes Gelächter aus.
„Der Witz war gut, Boss!“, kicherte Taube. Nuss klopfte sich vor Lachen auf die Schenkel. „Du und ehrlich und anständig? Ich glaub’ es einfach nicht.“
Boss Nase kletterte durchs Fenster in die Ferienwohnung. „Wollt ihr eurem alten Boss nicht was zu trinken anbieten, ihr Geizkragen?“
„Im Prinzip gern!“, antwortete Nuss.

„Aber von nix kommt nix.“
„Wir haben nur noch zwei Euro und vierzehn Cent!“, erklärte Taube.
„Was ist aus dieser Welt nur geworden?“, schimpfte Nuss. „Da bricht man in eine Wohnung ein und der Kühlschrank ist leer.“
„Genau!“, stimmte Taube mit ein. „Unmöglich sowas.“
Boss Nase kaute auf seiner Zigarre herum und maulte: „Lang und Finger. Wie ihr leibt und lebt. Und blöd wie eh und je. Ihr habt euch aber auch gar nicht verändert.“
„Sag bloß nie wieder Lang und Finger zu uns“, stellte Nuss klar. „So heißen wir nicht mehr.“
„Ja, wie denn dann?“ schimpfte Boss Nase. „Dick und Doof vielleicht?“
Taube zeigte auf Nuss. „Finger heißt jetzt Nuss und ich Taube.“
„Sehr originell!“, fand Boss Nase. „Was Blöderes hätte euch wohl nicht einfallen können, was? Aber wenn ihr Geld braucht, habe ich was für euch.“
Taube und Nuss wurden hellhörig und sahen sich an.

„Wart ihr schon mal in Norden im Teemuseum?“, fragte Boss Nase.
Nuss tippte sich an den Kopf. „Teemuseum? Was soll man sich da denn angucken? Alten Tee, oder was?“
„Hast du noch nie von echtem ostfriesischen Tee gehört?“, brummte Nase.
„Sag bloß, in Ostfriesland wächst Tee“, kicherte Nuss.
„Das will ich sehen!“, freute sich Taube. „Bestimmt wird das Zeug hier im Wattenmeer angebaut.“
Boss Nase lachte laut. „Was seid ihr nur für Strohköpfe. Ihr wisst auch gar nix. In Ostfriesland wächst doch kein Tee. Dafür in Indien, Sri Lanka oder Afrika. Allerdings kommt es auf die Mischung an. Angeblich wird der echte Ostfriesentee aus bis zu vierzig verschiedenen Teesorten gemischt. Echter Ostfriesentee ist auch nur Tee, der von ostfriesischen Teefirmen zusammengemischt wird.“
„Boah!“, staunte Taube. „Was du alles weißt! Du hättest Lehrer werden sollen.“

„Seit rund 300 Jahren wird in Ostfriesland Tee getrunken!“, flüsterte Nase weiter. „Die sind hier wahre Weltmeister im Teetrinken. Da ihnen der Tee so wertvoll ist, gibt es natürlich auch jede Menge wertvolle Sachen im Teemuseum zu holen.“

„Genau das Richtige für uns!“, zischte Nuss.

5. Kapitel

Vom Küchenfenster aus beobachtete Lukas mit dem alten Nachtsichtgerät von Theodor C. Janssen das Haus von Herrn Kunschewski.
Emma schnitt ein Stück Fleischwurst ab. „Damit halten wir uns Hasso vom Hals, sonst schleckt uns der Wachhund wieder ab."
„Ich glaube, die Luft ist rein, Emma", flüsterte Lukas. „Der Kunschewski ist vor seinem Fernseher eingeschlafen."
Emma nickte. „Dann lass uns rasch nach drüben gehen und den Ball holen."
„Wir machen das jetzt so", schlug Lukas vor, „ich lauf' rüber, klettere über die Leiter aufs Garagendach und von da aus

schieße ich den Ball in unseren Garten. Dann schnapp' ich mir die Leiter und renne zurück."
Emma sah ihn enttäuscht an. „Und was mache ich in der Zeit? Ich will mit."
Lukas drückte seiner Schwester das Nachtsichtgerät in die Hand. „Du musst hier die Stellung halten und die Lage von der Villa aus beobachten."
Aber Emma protestierte. „Ja, klar. Du spielst den Helden und ich guck' dir dabei zu, oder was?"
„Ist ja schon gut!", lenkte Lukas ein. „Aber dann bleib wenigstens hinter dem Zaun versteckt, okay? Und von da aus warnst du mich, wenn Kunschewski wach wird. Am besten pfeifst du. Das kannst du doch so gut."
Emma pfiff wirklich sehr gut und freute sich über Lukas' Lob. Sie konnte sieben verschiedene Vogelstimmen nachmachen. „Und wie genau soll ich pfeifen? Wie eine Amsel, ein Wellensittich oder eine Nachtigall?"

Da hörten Emma und Lukas das Geschrei der Möwen über dem Haus. „Vielleicht quakst du doch besser wie ein Frosch“, sagte Lukas. „Sonst geht dein Pfeifen zwischen dem Gekreische unter und ich hör dich nicht.“
Wie besprochen steckte sich Emma ein Stück Fleischwurst in die Hosentasche. Aber nicht, ohne vorher einmal reinzubeißen. Schließlich musste sie ja für das neue Abenteuer gestärkt sein, fand sie. Emma und Lukas schlichen zu Nachbar Kunschewskis Grundstück. Emma versteckte sich hinter dem Zaun und beobachtete von da aus mit dem Nachtsichtgerät die Lage. Kaum hatte Lukas das Grundstück betreten, lösten die Bewegungsmelder einen Alarm aus. Sofort schaltete sich die Flutlichtanlage ein und ein durchdringender Heulton ging los. Dagegen kam Emma auch mit ihrem Froschquaken nicht an. Gleichzeitig öffnete sich automatisch der Hundezwinger.

Hasso nahm die Witterung auf und Emma warf das Stück Wurst in hohem Bogen auf Kunschewskis Rasen. Augenblicklich war die köstlich duftende ostfriesische Fleischwurst für Hasso viel wichtiger als die beiden Eindringlinge. Doch Kunschewski war aufgeschreckt und die Kinder hatten keine Chance mehr. Noch bevor der Nachbar mit seinem Schrotgewehr an der Tür erschien, flohen die Kinder zurück in die Villa Janssen. Kunschewski sah zwar niemanden, rief aber: „Fass, Hasso. Fass!“ Doch Hasso schmatzte nur und verschlang gierig das Wurststück.

Vergeblich suchte der Nachbar das Grundstück ab. Nichts Verdächtiges war zu sehen. Er schloss Hasso in den Zwinger ein und machte es sich wieder auf seinem Sofa gemütlich.
Atemlos kamen Emma und Lukas in der Villa an. „So schaffen wir das nie, Lukas! Der Kunschewski hat dich jetzt bestimmt auf Video", gab Emma zu bedenken.
Lukas zuckte mit den Schultern. „Na und? Der soll sich nicht so anstellen. Ich wollte nur unseren Ball holen."
„Können wir die Alarmanlage nicht trotzdem irgendwie ausschalten?", fragte Emma. „Sicher ist sicher."
Lukas überlegte. „Im *Handbuch für gute Detektive* von unserem Großonkel Theodor C. Janssen ist ein ganzes Kapitel über Alarmanlagen."
„Und das kannst du noch nicht auswendig?", staunte Emma und grinste.
Neugierig liefen die beiden Nordseedetektive nach oben in das alte Büro des Meisterdetektivs. Sofort blätterten sie in seinem handgeschriebenen Buch.

„Hier ist es!“, freute sich Emma. Schon las sie aus dem Kapitel vor:

Sinn und Unsinn von Alarmanlagen

Alarmanlagen sind ein sehr wirksames Mittel gegen Einbrecher. Einige sind sogar mit Überwachungskameras ausgestattet.

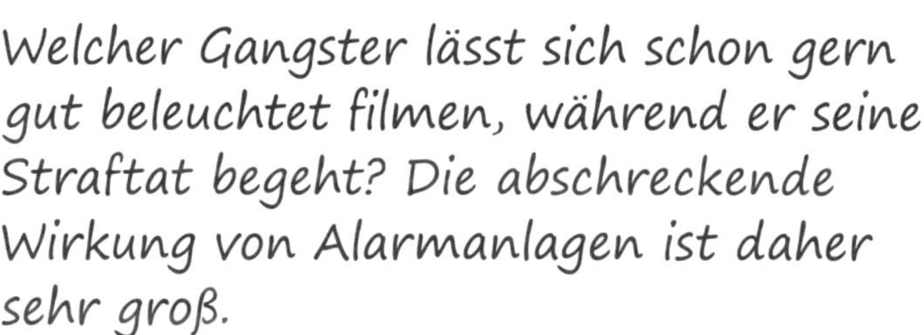

Welcher Gangster lässt sich schon gern gut beleuchtet filmen, während er seine Straftat begeht? Die abschreckende Wirkung von Alarmanlagen ist daher sehr groß.
Viele Menschen haben nur Kamera-Attrappen an ihren Häusern angebracht, in der Hoffnung, dass Einbrecher aus Angst vor der Alarmanlage abgehalten werden. Ein Berufsverbrecher

kann aber sehr wohl eine Attrappe von einer richtigen Überwachungskamera unterscheiden.
Die meisten Alarmanlagen funktionieren über Bewegungsmelder. Dies ist auch gleichzeitig ihre Schwäche. Wenn sie zu sensibel eingestellt sind, reicht es, dass eine Maus übers Grundstück läuft oder der Wind die Bäume bewegt, und schon geht die Alarmanlage los. Um so einen Fehlalarm auszuschließen, sind die meisten so eingestellt, dass nur ein Mensch oder ein größeres Tier sie aktiviert.
Manche Alarmanlagen lassen es bei der Polizei klingeln, andere lösen nur einen erschreckenden Heulton aus. Fast jede Anlage arbeitet mit Licht. Denn Verbrecher kommen meist im Dunkeln und werden nicht gerne angestrahlt. Oft ist eine Taschenlampe oder ein Scheinwerfer wirksamer als jede

Schusswaffe, um unerwünschte Eindringlinge zu vertreiben. Moderne Alarmanlagen arbeiten mit Videoaufzeichnungen und filmen die Einbrecher gleich bei ihrer Tat. Dies hat schon zu vielen Verhaftungen geführt. Alarmanlagen funktionieren allerdings auch nur, wenn sie eingeschaltet sind. Ich wurde zum Beispiel mal zu einem Juweliergeschäft gerufen. Eine teure Alarmanlage schützte den Schmuck im Laden. Trotzdem gelang es Einbrechern, unerkannt Goldringe, Perlenketten, Diamanten und Uhren im Wert von 69.514,20 Euro zu stehlen. Auf der Videoaufnahme fehlten genau die entscheidenden Stunden. Ich habe mich gefragt, wie es den raffinierten Gangstern gelungen war, die Anlage auszutricksen. Technische Überprüfungen ergaben, dass die Anlage nicht defekt war, sondern eigentlich einwandfrei funktionierte. Vier Nächte lang lag ich auf der Lauer. Dann fand ich die Lösung des Problems: Technisch war zwar alles in Ordnung, aber der menschliche Faktor spielte die entscheidende Rolle. An jedem Mittwochabend nach Geschäftsschluss reinigte die Putzfrau Rosa Heimbach die Ladenräume. Sie nahm dabei immer ihren Dackel Willi mit, denn er hatte eine schwache Blase und musste mehrmals am Abend zum Pinkeln nach draußen. Dummerweise hatte die Putzfrau mehrfach die Alarmanlage vergessen. Immer wieder passierte es ihr, dass sie den Heulton auslöste, wenn sie ihren Hund nach draußen ließ. Zu allem Überfluss rückte jedes Mal die Polizei an. Das war Frau Heimbach dann doch sehr peinlich. So kam sie auf die Idee, während ihrer Arbeitszeit die Alarmanlage auszuschalten. Leider vergaß sie, die Anlage nach Dienstende wieder einzuschalten – ein gefundenes

Fressen für ihren Cousin, der schon mehrmals wegen Einbruchs hinter Gittern gesessen hatte.

„Bingo!“, rief Emma und klappte das *Handbuch für gute Detektive* zu. „Unser Großonkel hat uns mit seinem Buch einen wahren Schatz hinterlassen.“
„Hä?“, fragte Lukas verwundert. „Das kapier ich nicht. Kunschewski hat doch gar keine Putzfrau.“
Emma kicherte. „Da hast du Recht. Kunschewski muss die Alarmanlage schon selbst ausschalten.“
Lukas winkte ab. „Das macht der im Leben nicht. Kunschewski ist zwar ein Idiot, aber ganz so blöd ist er nun auch wieder nicht.“
„Dann helfen wir eben ein wenig nach!“, schlug Emma vor. „Und ich weiß auch schon wie …“

6. Kapitel

Wenn die beiden Gangster, die neuerdings Taube und Nuss hießen, etwas konnten, dann war es das völlig lautlose Öffnen von Türen und Fenstern. Ins Teemuseum einzubrechen war für sie viel einfacher, als die Spülmaschine ein- und auszuräumen oder ein Hemd zu bügeln. Trotzdem hatten Taube und Nuss bei diesem Einbruch ein seltsames Gefühl, denn die Polizeiinspektion lag schräg gegenüber.
Taube und Nuss kletterten durch ein Fenster ins Teemuseum hinein und sahen sich um. Sie entdeckten einige

Glasvitrinen mit altem Teegeschirr. Taube war besonders fasziniert von den filigranen und hübsch verzierten Stövchen aus Messing. Aber Nuss maulte: „Was sollen wir hier mit dem alten Plunder? Ist doch sicher nix wert.“

Taube hielt Nuss einen großen Seesack hin. „Stell dich nicht so an, du Doofkopf. Lass uns das Geschirr mitnehmen, wie der Boss gesagt hat.“

Nuss stöhnte. „Das sind doch nur alte Tassen. Ich wette, das Zeug ist nicht mal spülmaschinenfest.“

„Ach, halt's Maul und hilf mir lieber!“, sagte Taube. Geschickt öffnete er eine Vitrine und holte eine weiße Teekanne heraus. Sie war blau bemalt, mit zarten Linien, Blättern und kleinen Blüten. Nach und nach füllte er den Sack mit Tellern, Tassen und Stövchen.

Nuss entdeckte in den Vitrinen Besteck und Geschirr aus echtem Silber. Voller Freude rieb er sich die Hände. „Na, also. Wer sagt es denn? Hier liegen die wahren Schätze.“

Begeistert warf er jede Menge silberne Teelöffel, Sahnelöffel, Zuckerzangen, Kuchengabeln, Sahnekännchen und Zuckerdosen in den Seesack. Darin schepperte es bedenklich.
„Hey, spinnst du?“, zischte Taube. „Jetzt ist das Geschirr doch kaputt, Blödmann. Du kannst das Besteck doch nicht einfach in den Seesack werfen.“
Nuss winkte ab. „Du Weichflöte! Wir haben doch immer alles Diebesgut in den Seesack geworfen: Schmuck, Geld, Münzen, einfach alles. Richtige Einbrecher machen das so.“
Taube schlug sich entnervt mit der flachen Hand auf die Stirn. „Aber die Ware hier ist ziemlich zerbrechlich, du Trampel!“
Nuss zuckte mit den Schultern. „Und wenn schon. Scherben bringen Glück. Das brauchen wir doch, oder?“

7. Kapitel

Lukas holte sein Lasso aus dem Kinderzimmer. Grinsend erinnerte er sich daran, wie er mit dem Seil kurz nach dem Einzug in die Villa Frau Gerade, die Frau vom Jugendamt, an den Birnbaum gebunden hatte.
Mit Kunschewski hatte Emma andere Pläne. Lukas wusste jedoch immer noch nicht, was seine Schwester vorhatte.
„So!“, sagte Emma. „Nun kannst du deine Cowboykünste unter Beweis stellen, Lukas. Wenn diese schreckliche Alarmanlage bei Kunschewski heute

Nacht noch ein paar Mal losgeht, wird er glauben, dass sie kaputt ist."
„Aha!", sagte Lukas. „Und du denkst, der schaltet das Ding dann aus."
Emma grinste. „Clever kombiniert, du Meisterdetektiv!"
„Und wenn die Alarmanlage aus ist …", folgerte Lukas.
„… haben wir freie Bahn!", ergänzte Emma. „Na, dann mal los."

Eine dunkle Wolke schob sich vor den Mond. Ein Nachtvogel schrie. Mit einer Taschenlampe, dem Nachtsichtgerät und dem Lasso schlichen Emma und Lukas in die Nähe von Kunschewskis Grundstück. Sie betraten es nicht, sondern versteckten sich am Rande hinter den Rosenbüschen. Von hier aus hatten sie gute Sicht auf den Garten und das Haus des Nachbarn. Emma leuchtete vorsichtig auf die Vogelscheuche, die in Kunschewskis großem Garten stand. Sie trug einen alten zerfledderten Anzug, der dem Nachbarn schon vor Jahren zu klein geworden war.

Ein alter Lederball bildete den Kopf. Darauf hatte Kunschewski einen Schlapphut getackert.
„Und nun fang mit dem Lasso die Vogelscheuche ein und lass sie ordentlich wackeln!“, wisperte Emma.
Die ist aber ganz schön weit weg, dachte Lukas, sagte das aber nicht laut. Er wollte sich vor seiner kleinen Schwester nicht blamieren. Stattdessen tat er so, als sei das ein kleiner Fisch für ihn. Lukas schwang das Lasso über seinem Kopf und ließ es in Richtung Vogelscheuche sausen.

Gleich beim ersten Wurf fiel die Schlaufe um den Hals der Vogelscheuche. Lukas zog am Seil, aber die Vogelscheuche wackelte nicht. Kunschewski hatte sie viel zu fest in den Boden gerammt. Emma fasste mit an. Zu zweit versuchten sie es noch einmal. Hauruck! Die Vogelscheuche neigte sich zur Seite. Der Kopf samt Lasso und Hut fiel herunter und schon ging die Alarmanlage los. Wieder öffnete sich automatisch der Hundezwinger und Hasso sprang in Erwartung einer weiteren Fleischwurst freudig heraus. Rasch zog Lukas das Seil wieder zu sich. Wie eine weiße Schlange, die durch das Gras glitt, sauste das Seilende heran. Mucksmäuschenstill verharrten die Nordseedetektive in ihrem Versteck. Hasso sprang an der Vogelscheuche hoch. Als er den Kopf am Boden liegen sah, biss er aufgeregt in den Lederball.
Mit mürrischem Blick trat der Nachbar in den Garten und schimpfte: „Lass das, Hasso! Die Vogelscheuche ist doch kein

Einbrecher. Dieser Wachhund ist einfach zu blöd."
Kunschewski blickte sich um. Friedlich lag sein Garten vor ihm. „Hasso, komm zurück!", rief er. „Hier ist nichts. Falscher Alarm." Kunschewski hob den Lederball auf und steckte ihn der Vogelscheuche wieder auf den Hals. Dann brachte er Hasso in den Zwinger und stampfte ins Haus zurück.
Emma und Lukas beobachteten Kunschewski von ihrem Versteck aus. Durch das Nachtsichtgerät konnte Lukas sehen, wie der Nachbar das Flutlicht und den Alarmton ausschaltete. Die Alarmanlage stellte er jedoch wieder scharf und setzte sich vor den Fernseher. Er hatte das entscheidende Tor verpasst.
„So ein Mist!", wetterte Kunschewski so laut, dass Emma und Lukas ihn sogar durch die gekippte Terrassentür hören konnten.
„Das funktioniert!", freute sich Lukas. „Lange hält der das nicht durch. Er ist jetzt schon genervt."

„Also gleich noch einmal!“, forderte Emma. Erneut schwang Lukas sein Lasso. Diesmal erwischte er den rechten Arm der Vogelscheuche. Vorsichtig zog er das Lasso stramm.
Es sah fast aus, als würde die Vogelscheuche winken. Aber die Bewegung reichte nicht aus, um die Alarmanlage erneut auszulösen. Emma fasste mit an. Gemeinsam zogen sie so heftig am Seil, dass die Vogelscheuche fast umkippte. Die Alarmanlage heulte erneut los und grelles Licht erleuchtete den Garten. Der Hundezwinger sprang wieder auf.

Hasso guckte etwas gelangweilt heraus, lief dann aber zur Vogelscheuche und bellte sie an.
Kunschewski stand von seinem Sofa auf und ging auf die Terrasse. „Das ist kein Einbrecher, du dummes Tier!“, brüllte er. „Diese doofe Alarmanlage ist ständig defekt. Ich muss morgen die Typen vom Kundendienst anrufen. Wahrscheinlich haben sie die selbst geklaut. Man kann heutzutage keinem Menschen mehr trauen.“
Lukas hatte Mühe, in seinem Versteck nicht laut loszulachen. Er hielt sich den Mund zu. Emma kicherte leise. Ihr Plan ging perfekt auf.
Kunschewski schloss Hasso wieder ein und schaltete die ganze Alarmanlage aus, um endlich in Ruhe fernsehen zu können. In seiner Abwesenheit war das zweite Tor gefallen.
„Wir haben gewonnen!“, triumphierte Emma. Als müsse sie es unbedingt beweisen, sprang sie über den Zaun, lief ein paar Meter auf das Haus des Nachbarn

zu und tänzelte mit herausgestreckter Zunge herum. „Hänänänänäh!"
Lukas schnappte sich die Taschenlampe und huschte zur Leiter, die noch an die Garage gelehnt war. Er kletterte die Sprossen nach oben und holte den Ball vom Dach. Vorsichtig eilte Lukas die Leiter wieder nach unten und schoss den Ball zur Villa Janssen hinüber. Dort traf er das Küchenfenster, das klirrend zerbrach. „Ach du heiliger Strohsack!", schimpfte Lukas.

8. Kapitel

Nuss ließ den Seesack mit dem Geschirr und dem Besteck auf den Boden plumpsen. Es klirrte und schepperte verdächtig. „Der ist mir viel zu schwer!“, stöhnte er. „Ich hab schon Rückenschmerzen.“
Taube schüttelte entnervt den Kopf und stieß seinem Kumpel in die Seite. „Wie blöd kann man eigentlich sein, hä? Jetzt ist das Geschirr komplett zerbrochen. Boss Nase wird toben vor Wut.“
Nuss lugte durchs geschlossene Fenster des Teemuseums. Er beobachtete, wie gegenüber ein Polizeiauto mit Blaulicht und Sirene davonfuhr.
Taube hielt sich den Bauch. „Dieses Geräusch geht mir immer so auf den Magen.“

„Dann lass uns besser abhauen!“, zischte Nuss. „Ich hab’ kein gutes Gefühl.“
„Warum sind wir eigentlich nichts Anständiges geworden?“, fragte Taube. „Mein Schwager zum Beispiel war Heiratsschwindler. Und mein Opa, der war Scheckfälscher. Der musste nie schwere Sachen schleppen.“
„Quatsch nicht so viel rum!“, maulte Nuss. „Wir lassen den alten Mist einfach hier.“ Schon kippte er den Inhalt des Seesacks auf den Boden. Zwischen all den Scherben lag das Silberbesteck. Keine einzige Tasse war heil geblieben.

„Ach herrje. Guck, was du angerichtet hast, du Dumpfbacke“, schimpfte Taube. „Aber wenigstens das Silber nehmen wir mit. Den Rest lassen wir hier.“

Beim Einsammeln der Silberware piekste sich Nuss in den Finger. „Autsch!“, jammerte er und lutschte an seinem Daumen. „Ich glaube, ich werde auch Scheckfälscher. Müssen die wirklich nicht schwer tragen, Taube?“

„Da hast du aber Pech mit deiner Berufswahl“, erklärte Taube. „Es gibt so gut wie gar keine Schecks mehr. Und jetzt nix wie weg hier!“

So geschickt, wie die beiden Gangster durch das Fenster ins Teemuseum eingestiegen waren, so flink waren sie daraus auch wieder verschwunden.

9. Kapitel

„Das hat uns gerade noch gefehlt!“, stöhnte Emma, als die Nordseedetektive in der Küche vorsichtig die Scherben des Fensterglases aufsammelten. „Mama und Papa werden nicht gerade begeistert sein.“
Lukas kehrte mit Schaufel und Besen Splitterreste auf.
„Papa wollte doch sowieso Doppelglasfenster einbauen lassen“, entgegnete er. „Die alten Dinger klappern bei dem kleinsten Windstoß. Und du weißt ja, wie heftig die Stürme hier an der Nordsee sein können.“

„Ja, ja! Das wird alles neu gemacht“, wandte Emma ein. „Aber nur, wenn Papas nächster Roman ein Bestseller wird.“
Die Geschwister rannten in den Keller und holten eine alte Sperrholzplatte. Diese nagelten sie am Fensterrahmen fest, um das Küchenfenster so gut es ging zu sichern.
„Besser als nix, oder?“, sagte Emma.
Lukas betrachtete das Fenster und nickte.
„Das haben wir gut gemacht, Emma. Vorübergehend hält das.“
Jetzt freuten sich die beiden Nordsee-detektive auf die Übernachtung im Spezial-Detektiv-Bus ihres Großonkels. In ihren Schlafanzügen machten sie sich auf den Weg in die Garage.

Frischer Nord-West-Wind fegte durch das offene Garagentor. Lose Blätter wehten gegen die Windschutzscheibe. Eine Dohle floh vom Dach des Busses, als die Kinder in den Wagen stiegen. Emma hatte sich ihren roten Elefanten Rüssel unter den Arm geklemmt und einen Picknickkorb mitgenommen.
„Was hast du denn vor, Emma?“, fragte Lukas. „Wir wollen doch nicht vierzehn Tage verreisen.“
Emma grinste. „Wer ist denn hier der Vielfraß? Du oder ich?“
Sie setzte sich in den Bus und packte Brot, Käse, Wurst, Frikadellen, Senf, Joghurt und Apfelsaftschorle aus.
Jetzt lief Lukas das Wasser im Mund zusammen. Er schnappte sich eine Frikadelle und biss gleich zweimal hinein. Dann sagte er mit vollem Mund: „Los, wir spielen hier drin Verfolgungsjagd.“
Lukas setzte sich hinter das Lenkrad und tat, als würde er den Bus über die Autobahn steuern. „Guck mal, Emma.

Wir werden von zwei voll krassen Gangsterbanden verfolgt. Fahr das Teleskoprohr aus."
Emma kannte sich hier drin längst noch nicht mit allen Hebeln und Knöpfen aus, aber einige Sachen beherrschte sie schon sehr gut. Sie bewegte einen Schalter. Surrend fuhr das Fernrohr mit Teleskopauge über der Dachluke einen halben Meter nach oben.

Noch bevor Emma durch das Fernrohr gucken konnte, rief Lukas: „Achtung, wir werden angegriffen. Die schießen auf uns."
Über die Sprachsteuerung gab Emma den Befehl: „Schutzbleche nach oben! Sicherheitsstufe 1!"
Sofort fuhren außen aus den Fensterschlitzen kugelsichere Bleche hoch, um die Scheiben zu schützen.
„Wir werfen jetzt unsere Reifenkiller ab!", schlug Lukas eifrig vor.
„Reifenkiller?", fragte Emma. „Was soll das denn sein?"
Stolz zeigte Lukas ihr eine Schachtel mit gebogenen Nägeln. Der Meisterdetektiv Theodor C. Janssen hatte sie selbst hergestellt. Er hatte die Nägel so miteinander verschweißt, dass immer eine Spitze nach oben zeigte, egal wie die Nägel auf den Boden fielen. So konnten Verfolger während einer Autofahrt leicht abgehängt werden, wenn man die Nägel hinter sich auf die Straße warf.

„Wirf die jetzt bloß nicht nach draußen, Lukas!“, sagte Emma besorgt. „Wenn da einer reintritt, tut der sich echt weh.“ Lukas verdrehte die Augen. „Stell dich nicht so an, Emma. Die sind doch nur dazu da, um Autoreifen platt zu machen.“ „Nun komm mal wieder runter, Lukas! Das ist doch nur ein Spiel!“ Emma schnappte sich die Box und stellte sie vorsichtshalber weg. Etwas enttäuscht sagte Lukas: „Echt blöd, dass ich noch keinen Führerschein habe.“

10. Kapitel

Je näher Taube und Nuss dem Ferienhaus der Familie Huber kamen, das ihnen als unerlaubter Unterschlupf diente, desto mulmiger wurde den beiden. Denn sie hatten ja ihren Auftrag nicht erfüllt. Boss Nase würde bestimmt sehr sauer werden, wenn sie ohne das Geschirr aus dem Teemuseum zurückkamen. Aber Nuss hatte eine Idee: „Dieses dämliche Geschirr hat doch hier in Ostfriesland im Grunde jeder im Schrank."

„Da müssen wir ja in zig Häuser einbrechen“, überlegte Taube. „Das ist zu gefährlich und dauert ewig. Wir werden doch schon von der Polizei gesucht.“

„Dann müssen wir gezielter vorgehen“, schlug Nuss vor. „Wir haben doch mal im *Café ten Cate* Brötchen geklaut.“

„Stimmt“, nickte Taube. „Die waren vielleicht lecker.“

„Die haben in ihrem Café bestimmt jede Menge Geschirr“, fuhr Nuss fort.

„Geniale Idee, Nuss!“, jubelte Taube.

Um keine Zeit zu verlieren, leerten die beiden den Seesack in der Garage der Hubers aus und versteckten das Silberbesteck zunächst in der leeren Biomülltonne. Dabei entdeckten die Gangster zwei E-Bikes.

„Wow! Klasse Fahrräder!“, flüsterte Taube. „Die schnappen wir uns.“

Nuss grinste. „Genau. So ein elektrisches Ding ist wie ein Auto. Nur ohne Türen. Damit kommen wir schneller vorwärts.“

Über die Norddeicher Straße radelten Taube und Nuss in Richtung Norden.

Ihr Weg führte an der Ludgerikirche vorbei. Daraus erklang Orgelmusik.
„Übt da einer Trompete?", fragte Nuss.
„Sag mal, hast du Bohnen in den Ohren, oder was?!", stänkerte Taube. „Das ist eine ganz berühmte Orgel."
„Orgel?", fragte Nuss. „Mein Lieblingsonkel Karl hat auch mal Orgel gespielt. Mitten auf der Straße. Und dazu tanzte ein Äffchen. Der musste nirgendwo einbrechen. Dem haben die Leute freiwillig ihr Geld gegeben."
Taube stöhnte. „Das war keine Orgel, du Knallfrosch. Sondern ein Leierkasten. Sowas ist heutzutage aber verboten."
„Was? Wieso ist Leierkastenspielen verboten?", wollte Nuss wissen.
„Du bist aber auch schwer von Begriff, Nuss!", maulte Taube. „Das mit dem Äffchen ist verboten, nicht der Leierkasten. Tierquälerei und so. Kapiert?"
„Alles ist verboten", schimpfte Nuss.
„Wie soll man denn heute noch ehrlich sein Geld verdienen?"
Sie fuhren weiter über den großen, mit hohen Bäumen bewachsenen Marktplatz.

Besonders rasch radelten sie an der Polizeiinspektion Norden vorbei. Aber nicht, weil das Backsteingebäude an das Hexenhäuschen aus dem Märchen von Hänsel und Gretel erinnerte. Den beiden wurde in der Nähe der Polizei einfach immer ganz übel. Taube und Nuss wurden ja längst gesucht, da sie nach ihrem Hafturlaub nicht wieder ins Gefängnis zurückgekommen waren. Vom Marktplatz aus bogen sie in die Osterstraße ein, um im *Café ten Cate* einzubrechen.

Taube wollte die Fahrräder direkt vor der Schwanenapotheke abstellen, aber Nuss tippte sich an die Stirn. „Bist du bescheuert, oder was? Hier sieht die geklauten Räder doch jeder. Da kannst du gleich drüben bei der Polizei klingeln und dich stellen."

Sie schoben die Fahrräder an der Buchhandlung *Lesezeichen* vorbei. Im Schaufenster hing ein Foto von Mick Janssen. Sein neuer Kriminalroman war groß ausgestellt.

„Ach, schau einer an!", zischte Nuss. „Das ist doch der bekloppte Vater der beiden Giftzwerge, die uns schon zweimal ins Gefängnis gebracht haben."

„Denen sollten wir auch einen Besuch abstatten und ihnen die Ohren lang ziehen“, brummte Taube.
Die Gangster schoben die E-Bikes auf den Hinterhof des Cafés und stellten sie dort im Fahrradständer ab.
So lautlos wie möglich öffnete Nuss mit einem Dietrich die Hintertür. Taube sah sich um. „Hoffentlich sind hier nicht irgendwelche Kameras, ich fühle mich so beobachtet.“
Über ihnen kreisten im schwachen Mondlicht ein paar Möwen. Nuss zeigte nach oben. „Die verraten uns nicht, das Gekreische versteht zum Glück niemand.“
Eigentlich waren Taube und Nuss gekommen, um kostbares ostfriesisches Teegeschirr zu stehlen. Doch jetzt standen sie vor einer wunderbaren vierstöckigen, mit Marzipan überzogenen Hochzeitstorte, die der Konditor Jörg Tapper für ein Brautpaar angefertigt hatte. Auf der Spitze der Torte tanzten eine Braut und ein Bräutigam miteinander. Taube bewunderte das Kunstwerk. Gierig pflückte er

ein rotes Marzipanröschen ab und schob es sich in den Mund. Schmatzend sagte er: „Ich glaube, ich möchte später auch mal heiraten."

Nuss lachte leise. „Wer soll dich denn nehmen, hä?"

„Naja! Eine wunderschöne Frau eben", schwärmte Taube. „Mit langen seidigen Haaren. Eine, die schön singen kann. Und kochen."

„Quatsch keinen Müll!“, brummte Nuss. „Außerdem hast du doch mich.“
„Du kannst weder singen noch kochen!“, entgegnete Taube. „Probier mal. Das Marzipan ist wirklich lecker.“
Nuss konnte einfach nicht anders. Er holte ein großes Messer aus der Backstube und schnitt die Torte an. Er aß mit den Fingern und kaute genüsslich. „Mmh, ein echter Traum. So locker und fluffig. Ich könnte drin baden. Und guck mal, da hinten! Da liegen hunderte Seehunde aus Marzipan und Schokolade.“

„Aber sag mal, Nuss …“, bemerkte Taube. „Sind wir nicht gekommen, um das Porzellan zu stehlen?“
„Wer konnte denn die Finger nicht von der Torte lassen, hä?“, schimpfte Nuss. „Außerdem breche ich doch nicht in eine Konditorei ein und verlasse sie hungrig wieder. Jetzt wird erstmal gegessen.“

11. Kapitel

Monika und Jörg Tapper, die Besitzer des *Café ten Cate*, wohnten nicht weit entfernt von der Konditorei. Sie hatten wie Herr Kunschewski das Fußballspiel im Fernsehen verfolgt. Monika Tapper reckte sich. „Nach dem spannenden Spiel hätte ich noch Appetit auf ein Stückchen Schokolade."
„Da hast du aber Glück!", scherzte Jörg. „Wir stellen sowas selber her."
„Willst du wirklich jetzt noch ins Café gehen und mir was holen?", fragte Monika.
Jörg umarmte seine Frau und küsste sie

auf die Wange. „Für dich mache ich doch alles, mein Schatz.“
Dann machte er sich auf den Weg ins Café. Er staunte nicht schlecht, als er im Verkaufsraum hinter der Theke einen Mann entdeckte, dessen Wangen aussahen wie Hamsterbacken. Er kaute genüsslich. Ein zweiter Mann saß neben ihm. In der einen Hand hielt er ein Stück der Hochzeitstorte, in der anderen ein Stück Apfelkuchen.

„Ich hoffe, es schmeckt Ihnen?“, fragte Jörg, so ruhig er konnte.
Mit glückseligem Blick antwortete Taube: „Oh ja, danke. Wunderbar!“
„Na, dann lassen Sie sich mal nicht stören, wenn ich jetzt die Polizei rufe“, erklärte Jörg.
Blöderweise hatte Jörg sein Handy in der Wohnung vergessen. Noch bevor er zum Festnetztelefon greifen konnte, sprangen Taube und Nuss auf.
„Los, schnell weg hier!“, rief Nuss. So schnell sie konnten, flohen die beiden Gangster durch den Hinterausgang.
Nuss schaffte es sogar, den Rest der angebrochenen Hochzeitstorte mitzunehmen. Geschickt balancierte er sie nach draußen. Sie war so groß, dass sie ihm die Sicht nahm.
Um nicht zu viel Zeit zu verlieren, entschied sich Jörg, den beiden zu folgen, anstatt die Polizei zu rufen.
„Halt, stehen bleiben, ihr Diebe!“, rief er hinter den beiden her.

Doch Taube knallte von außen die Hintertür zu und schob einen großen Müllcontainer davor. Jörg Tapper brauchte einen Moment, bis er sich befreit hatte. Inzwischen waren die beiden Gangster schon um die Ecke verschwunden. Jörg lief ein Stück in die Fußgängerzone zum Neuen Weg. Er sah in Richtung Bahnhof. Sein Blick fiel auf die alte Windmühle, die mit ihren Flügeln im schwachen Mondlicht fast gespenstisch aussah. Eine Katze huschte an ihm vorbei, aber sonst war niemand zu sehen. Als er sich umdrehte, um zum Café zurückzugehen, entdeckte er am Boden ein paar Sahnespritzer. Er folgte den Spuren

Richtung Marktplatz. Vor der Stadtbibliothek Norden fand er eine Marzipanrose. Währenddessen machten Taube und Nuss eine kurze Atempause. Sie versteckten sich in einer kleinen Gasse zwischen den *Drei Schwestern* und dem Rathaus. Die *Drei Schwestern* waren drei Backsteinhäuser mit wunderschönen ostfriesischen Fassaden, die wegen ihrer Ähnlichkeit auf Plattdeutsch *Die Dree Süsters* genannt wurden.
Jörg Tapper übersah die beiden. Er rannte weiter bis zur Marktapotheke. Dort blieb er stehen, sah sich um, aber er konnte die beiden Gangster nicht finden. Auch weitere Sahnespuren suchte er vergeblich. *Die Hochzeitstorte muss ich sowieso neu machen*, dachte er. Sie konnten ja schlecht die Hochzeit verschieben, nur weil die Torte geklaut wurde. Außerdem machte sich Monika bestimmt schon Sorgen. Er wollte ihr doch ein Stück Schokolade bringen. Und genau das hatte er auch vor.

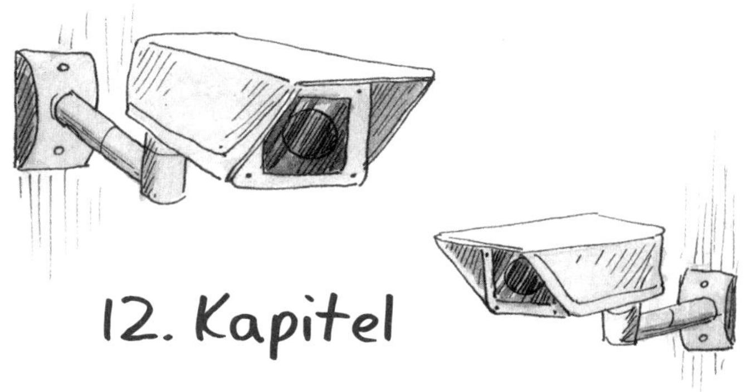

12. Kapitel

Taube und Nuss waren in dieser Nacht bereits in drei Familienhäuser eingebrochen, um ostfriesisches Teegeschirr zu stehlen. Ihre Ausbeute war trotzdem recht mickrig. So wollten die Gangster noch einmal ihr Glück bei Emma und Lukas versuchen. In der alten Villa Janssen hatte der verstorbene Theodor C. Janssen sicher einige Kostbarkeiten versteckt. Mit den beiden kleinen Monstern Emma und Lukas würden sie diesmal schon fertig werden. Doch vorher machten sie noch bei Nachbar Kunschewski Halt. Sie stellten ihre Fahrräder an seinem Gartenzaun ab, um nicht gleich von den Kindern bei der Villa entdeckt zu werden.

„Wilhelm Kunschewski!“, sagte Nuss und zeigte auf dessen Namensschild auf dem Briefkasten. „Das klingt doch hochherrschaftlich, oder? Hatten wir nicht mal einen Kaiser, der Wilhelm hieß?“
„Dann lass uns doch bei dem einsteigen!“, schlug Taube vor. „Der hat bestimmt wertvolles Geschirr im Schrank stehen.“
Taube entdeckte die Videokameras, die am Haus angebracht waren. „Guck mal, wie der Kunschewski sein Haus abgesichert hat. Da ist sicher was zu holen.“
„Ja, aber dann kommt doch sofort die Polizei!“, entgegnete Nuss. „Ich glaube, das knicken wir besser. Lass uns rüber zur Janssen-Villa gehen. So wie die drauf sind, haben die bestimmt nix gesichert.“
Taube winkte ab. „Ach was. Die Kameras sind bloß Attrappen, wetten? Um Leute wie uns abzuschrecken. Aber wir sind doch nicht blöd. Wir fallen auf sowas nicht rein.“
Nuss warf einen Ast auf das Grundstück. Tatsächlich passierte nichts.

„Siehst du?“, freute sich Taube. „Der Kunschewski ist bestimmt viel zu geizig, um sich eine echte Videoanlage zu leisten.“
Taube und Nuss sahen durch die Terrassentür ins Wohnzimmer und beobachteten Kunschewski. Er war vor dem Fernseher eingeschlafen und lag schnarchend auf dem Sofa. Die beiden Gangster gingen ums Haus herum und stiegen durchs Badezimmerfenster ein.

Leise schlichen sie durch die dunklen Räume. Nur schwaches Mondlicht fiel von außen herein.
In einer Glasvitrine im Esszimmer bewahrte Kunschewski sein teuerstes Porzellan auf: sechs ostfriesische Teetassen, Untertassen, Kuchenteller und eine Teekanne mit Stövchen. Dazu gehörten noch eine Zuckerdose und das Sahnekännchen. Das Geschirr war ein kleines Vermögen wert. Mehr als einmal hätte Kunschewski es an interessierte Sammler verkaufen können. Aber er hielt das alte Familiengeschirr in Ehren und benutzte es selbst nicht. Stattdessen trank er seinen Tee ausschließlich aus einem dicken Keramikbecher mit dem Wappen von Werder Bremen.
Die beiden Gangster hatten inzwischen etwas gelernt: Geschirr geht schnell kaputt. Aus Kunschewskis Küche holten sich Taube und Nuss mehrere Geschirrtücher. An einem Haken über dem Küchenfenster baumelte eine luftgetrocknete Pümmelwurst. Diese ostfriesische

Mettwurst duftete einfach köstlich. Nach dem Genuss der süßen Hochzeitstorte konnte Nuss es sich nicht verkneifen, in die herzhafte Wurst hineinzubeißen. „Lecker!“, schmatzte er mit vollem Mund. „Wurst schließt ja bekanntlich den Magen.“
Dann schlichen sie ins Esszimmer. Geschickt öffneten Taube und Nuss die Vitrine fast geräuschlos. Rasch gelang es den beiden, das Teeservice in die Tücher einzuwickeln und bruchsicher im Seesack zu verstauen.
Wilhelm Kunschewski schnarchte immer noch und bekam von alldem nichts mit. Bevor Taube und Nuss das Haus verließen, schnappten sie sich nicht nur die Pümmelwurst, sondern auch noch Kunschewskis Keramiktasse mit dem Werder-Bremen-Wappen.
Als sie durch den Garten am Zwinger von Kunschewskis Wachhund Hasso vorbeikamen, stieg dem Hund der Duft

der Wurst in die Nase. Aber Hasso glaubte zu träumen.

„Und nun lass uns endlich rüber zu den Janssens gehen!“, zischte Nuss. „Die haben sogar das Garagentor offen gelassen, blöd wie sie sind.“

„Na, wenn das so ist!“ Taube grinste. „Papa Janssen ist mit seinen Romanen ja richtig berühmt geworden. Da gibt’s bestimmt was zu holen.“

Nuss nickte. „Allerdings. Zum Beispiel den roten Jaguar vom alten Meisterdetektiv. Davon hat mir Boss Nase erzählt und mir sogar ein Foto gezeigt. Ein Schmuckstück, kann ich dir sagen.“

13. Kapitel

Emma und Lukas hatten es sich längst im Spezial-Detektiv-Bus gemütlich gemacht und schliefen tief und fest. Emmas roter Stoffelefant Rüssel lag zwischen den Kindern. Noch bemerkten sie nicht, wie Taube und Nuss draußen um den Bus schlichen. Erst als der Bus kräftig hin- und herwackelte, wurde Emma wach. Um zu sehen, was draußen los war, fuhr sie das Teleskopauge ein Stück hoch und schaltete die Abhöranlage ein.
Lukas gähnte und rieb sich die Augen. „Ist Sturm draußen? Der Bus wackelt ganz schön, oder?“

„Pssst, sei mal still, Lukas!“, flüsterte Emma. „Ich hör was. Da läuft jemand um den Bus herum.“
Über die Abhöranlage bekamen sie das Gespräch von Taube und Nuss mit.
„Sowas Blödes!“, schimpfte Taube. „Von wegen roter Jaguar. Da steht nur diese alte Kiste. Ein verrosteter Bus, sonst nix.“
„Und der hat noch nicht mal Fenster!“, wunderte sich Nuss. „Da ist nur Blech statt Glas. Welcher Idiot baut denn sowas?“
Erschrocken guckten Emma und Lukas sich an.
„Sind das nicht die Stimmen von Lang und Finger?“, wisperte Emma ängstlich. Sie drückte ihren roten Stoffelefanten fest an sich.
„Hört sich fast so an“, flüsterte Lukas. „Ich dachte, die beiden sitzen im Knast!“
Dann wackelte es wieder. Nuss versuchte, die Tür des Busses zu öffnen, aber es gelang ihm nicht. Immer fester rüttelte er daran.

„Und was machen wir jetzt?“, fragte Emma leise.
Lukas zuckte mit den Schultern und blickte seine Schwester ratlos an.
Taube sah sich in der Garage um und suchte nach Werkzeug. „Lass uns den Bus knacken“, sagte er.
„Was sollen wir denn mit dem alten Rostkübel?“, maulte Nuss. „Da kann man ja nicht einmal reingucken. Und rausgucken auch nicht.“
Taube zog ein Stück Draht aus einem vergilbten Karton und schob es ins Türschloss. „Ach, quatsch keinen Mist. Ich hab keine Lust mehr, unser ganzes Diebesgut mit dem Fahrrad rumzukutschieren. Da ist mir der Karren da lieber.“
„Ja, bist du bekloppt, oder was?“, schimpfte Nuss. „Wohin willst du denn damit fahren, wenn du nix siehst?“
„Ich hab die Tür gleich auf, Nuss!“, freute sich Taube. „Dann gucken wir uns das Ganze genauer an.“
Emma klammerte sich an ihren roten Elefanten. Lukas nahm sie in den Arm

und flüsterte: „Du weißt doch, Emma. Wir beide und die Nordsee …“
„… überstehen jeden Sturm!“, ergänzte Emma und nickte.
Lukas schaltete die Bus-Verteidigungsanlage ein. Ein paar Kapitel aus dem Handbuch für gute Detektive hatte er so oft gelesen, dass er sie praktisch auswendig konnte. Lukas zitierte leise: „Töne und unheimliche Geräusche sind gut geeignet, um Eindringlinge zu erschrecken

und zu vertreiben. Wenn Menschen nicht wissen, woher ein Geräusch kommt und um wen oder was es sich genau handelt, spielt ihre Fantasie gern verrückt und sie fliehen vor der Gefahr."

„Stimmt!", sagte Emma. „Guck mal, wir haben hier in der Verteidigungsanlage Geräusche und Töne gespeichert. Zum Beispiel eine zischelnde Schlange oder ein knurrender Leopard. Dann gibt es hier noch Löwengebrüll, aggressives Hundegebell, Wolfsgeheul und dreckiges Gelächter."

„Dann nehmen wir für den Anfang doch mal die Schlange", schlug Lukas vor.

Emma drückte auf den Knopf und aus den Außenlautsprechern ertönte das Zischeln mehrerer Schlangen. Meisterdetektiv Theodor C. Janssen hatte es bei einem Aufenthalt in Indien mit seinem Diktiergerät aufgenommen. Taube, der gerade noch am Türschloss herumhantierte, sprang erschrocken zurück.

„Was war denn das? Hast du das gehört, Nuss?“
Aber der schüttelte den Kopf. „Hä? Nö. Da ist nix.“
Emma schob den Lautstärkeregler hoch und drückte noch einmal auf den Knopf. Jetzt hörte auch Nuss die Schlangengeräusche und zuckte zusammen. „Sag mal, Taube? Gibt es in Ostfriesland Schlangen, oder was?“
Taube sah sich um. „Keine Ahnung. Vielleicht nur Seeschlangen oder so.“
Nuss sah sich auf dem Boden um. „Oder die dummen Janssen-Kinder haben eine Giftschlange in einem Terrarium und jetzt ist sie ihnen ausgebrochen.“
„Wer hält sich denn Schlangen zu Hause?“, empörte sich Taube.
„Ja, nur Idioten eben!“, antwortete Nuss. „Sag ich doch.“
Emma guckte durchs Teleskopauge. Sie sah Taube und Nuss, die sie aber noch als Lang und Finger kennengelernt hatte. „Da sind die beiden Gangster, Lukas. Ich erkenne sie ganz genau.“

„Okay!", nickte Lukas. „Dann werden wir es denen jetzt mal richtig zeigen."
Emma verstand sofort und drückte auf den Knopf mit der Aufschrift *Löwengebrüll*. Das Tiergeräusch war laut und klang so echt, dass sogar die beiden Nordsee-detektive erschraken. Taube und Nuss schrien um Hilfe. Noch bevor die beiden fliehen konnten, schaltete Lukas die Tintenstrahlanlage ein, die von Meisterdetektiv Janssen installiert worden war. Damit konnten Angreifer markiert werden. Lukas drückte auf den Knopf. Es zischte. Aus den Düsen des Spezial-Detektiv-Busses regnete rote und blaue Farbe auf die Gangster herab. Laut schimpfend wischten sich die beiden die Tinte aus dem Gesicht. Die Nordsee-detektive kicherten. 
„Es hat geklappt!", gluckste Emma. Taube und Nuss standen völlig verdattert da. Damit hatten sie einfach nicht gerechnet.

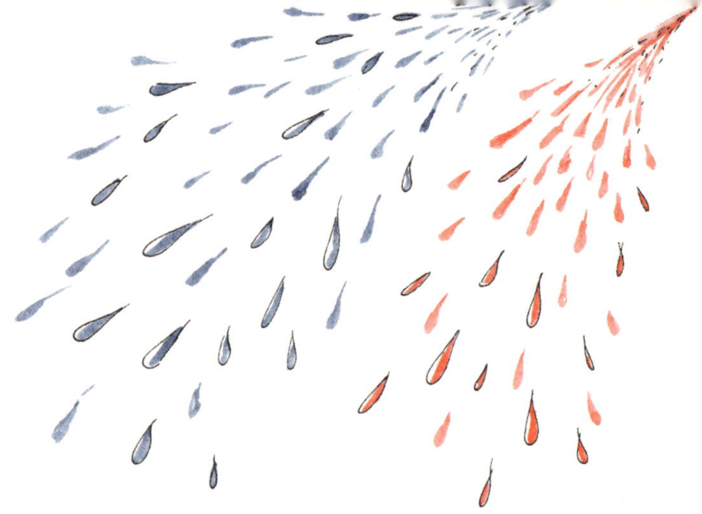

„Achtung! Und jetzt kommt der Stinkestrahl!"
Lukas guckte seine Schwester verwundert an. „Du kennst den Stinkestrahl? Respekt, Emma. Du bist eine echte Nordseedetektivin."
Emma lächelte zufrieden. Dann nahm sie das Armaturenbrett des Busses unter die Lupe. „Also hier gibt es diese Duftnoten: vergammelter Fisch, faule Eier und Schweißfüße!"
Lukas verzog das Gesicht. Dann grinste er breit. „Boah ey. Unser Großonkel hatte es echt drauf, was? Ich hätte ihn zu gern noch persönlich kennengelernt."

„Welchen Stinkestrahl soll ich nehmen, Lukas? Ich kann mich bei dem tollen Angebot gar nicht entscheiden!“
„Nimm doch einfach alle drei!“, schlug Lukas vor. „Das brauchen die beiden Pfeifen da draußen.“ 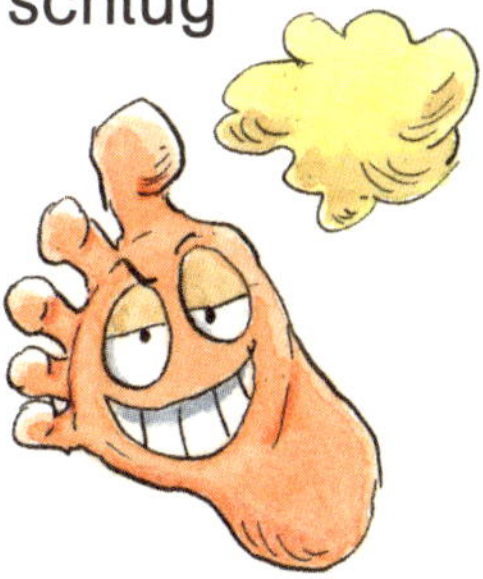
Während Taube die volle Ladung Schweißfuß abbekam, wurde Nuss von einer Duftwolke Marke verfaulte Eier und vergammelter Fisch eingehüllt. 
„Bäh! Igitt, wer oder was stinkt hier denn so?“, fragte Taube. 
„Das bist bestimmt du!“, erwiderte Nuss.
„Wer wäscht sich denn so gut wie nie, hä?“, maulte Taube. 
Emma und Lukas lauschten dem Gespräch und kicherten.
Emma guckte dabei durch das Teleskopauge und beobachtete, wie die beiden Gangster davonrannten.
„Es hat funktioniert, Lukas!“, jubelte sie.
„Die beiden sind wir los!“ Lukas rieb sich

die Hände. „Am liebsten würde ich mit Löwengebrüll hinter ihnen herfahren …“

„Nein!“, sagte Emma bestimmt. „Das wirst du nicht tun! Wir rufen am besten gleich die Polizei.“

Lukas versuchte es über sein Handy, aber er hatte kein Glück.

„Es hat heute Nacht jede Menge Einbrüche gegeben“, sagte die Frau am Telefon. Einen Streifenwagen könne sie nicht schicken. Die Polizei sei im Moment durch die Ermittlungen völlig überlastet.

„Tja, Pech gehabt!“, sagte Lukas zu Emma und zuckte mit den Schultern.

Was Emma durch das Rohr nicht gesehen hatte, war, dass die beiden Diebe bei ihrer Flucht aus der Garage etwas verloren hatten. In der Einfahrt der Janssens lag eine Teetasse, die vor kurzem noch in Wilhelm Kunschewskis Vitrine gestanden hatte.

14. Kapitel

Am nächsten Tag machten sich Emma und Lukas nach einem guten Frühstück mit ihren Rädern auf den Weg zum Teemuseum. Nach der aufregenden Nacht im Spezial-Detektiv-Bus waren sie noch ziemlich müde. Aber der frische Nordseewind sorgte dafür, dass Emma und Lukas nicht lange brauchten, um wach zu werden. Die Nordseedetektive hatten sich schon lange auf den Schulausflug gefreut. In der letzten Woche hatten die Kinder in der Schule schon viel über das Teemuseum erfahren. Es war im alten Rathaus der

Stadt Norden untergebracht. Oben im Turm sollte es einst ein Gefängnis der Stadt gegeben haben. Im Festsaal, der auch *Rummel* genannt wurde, hatten früher vermutlich die alten ostfriesischen Häuptlinge getagt.
Emma und Lukas fuhren den Radweg neben der Norddeicher Straße entlang. Er führte geradeaus zum Marktplatz. Schon bevor die Nordseedetektive am Teemuseum ankamen, sahen sie ihre Mitschüler, die sich davor versammelt hatten. Sie wirkten aufgeregt. Lukas erkannte das Polizeiabsperrband sofort.

Die beiden Geschwister stellten ihre Fahrräder ab und liefen zum Museum. „Was ist denn hier los?“, fragte Emma. „Hier ist heute Nacht eingebrochen worden“, erklärte ihre Lehrerin Frau de Vries. Neben der zierlichen Frau de Vries wirkte Kommissar Stone doppelt so breit wie sonst. Er versuchte, die Lage zu kontrollieren. Er klatschte in die Hände und rief: „Ich bitte alle mal um Ruhe. Irgendjemand ist heute Nacht ins Teemuseum eingestiegen und hat nicht nur wertvollstes Porzellan beschädigt, sondern auch Silberbesteck entwendet.

Aus diesem Grund kann die Besichtigung heute leider nicht stattfinden. Die Spurensicherung wird hier noch ein paar Stunden brauchen. Immerhin wurde erheblicher Schaden angerichtet."
„Herr Kommissar!", sagte Lukas. „Wir haben einen Verdacht."
„Ach ja?", brummte Stone. „Habt ihr denn etwas gesehen?"
„Das nicht!", sprang Emma ihrem Bruder bei. „Aber gestern Nacht bei uns am Bus, da waren …"
Emma wurde von Kommissar Stone unterbrochen. „Papperlapapp! Ein Verdacht nutzt uns nichts. Und ihr dürft nicht einfach irgendwen verdächtigen. Ihr könnt euch strafbar machen, wenn ihr eine Person zu Unrecht beschuldigt, verstanden?"
„Sie müssen uns glauben!", rief Lukas. „Das waren bestimmt die beiden Gangster Lang und Finger!"
Kommissar Stone sah Emma und Lukas durchdringend an. „Also Lang und Finger werden tatsächlich gesucht. Aber das

heißt noch lange nicht, dass die beiden ins Teemuseum eingebrochen sind."

Die Geschwister sahen sich an.

„Hören Sie ...", fing Lukas noch einmal an. „Gestern Nacht, da ..."

„Das reicht jetzt!", mahnte der Kommissar. „Ihr seht doch, was hier los ist. Um eure Sache kümmere ich mich später."

Die Lehrerin wandte sich an die enttäuschten Schulklassen. „Das Teemuseum besichtigen wir ein anderes Mal. Dann gehen wir jetzt zum *Café ten Cate*. Monika und Jörg Tapper haben für jeden von euch Kakao und Quarkbällchen vorbereitet. Danach habt ihr schulfrei."

Schnell schlug die Enttäuschung in Begeisterung um.

Auf dem Weg zum Café wandte sich Lukas an Emma. „Lang und Finger treiben wieder ihr Unwesen."

Emma nickte. „Das ist doch ein Fall für uns, oder? Wir sind schließlich die Nordseedetektive."

15. Kapitel

Als Emma und Lukas zur Villa Janssen zurückkamen, stand ihr Nachbar Kunschewski bereits wutentbrannt vor ihrer Tür. Sofort schimpfte er los: „Ihr seid gestern bei mir eingebrochen und habt mein altes Familiengeschirr gestohlen! Es stammt von meiner Urgroßmutter. Das Service ist vollständig erhalten und ich habe es noch nie benutzt. Wisst ihr eigentlich, wie wertvoll das ist? Gebt mir wenigstens meine Fan-Tasse von Werder Bremen zurück!"
Emma stemmte empört die Hände in die Hüften. „Aber das waren wir nicht, Herr Kunschewski. Wir sind doch keine Diebe!"

„Ganz genau. Wir sind die Nordsee-detektive!“, ergänzte Lukas. „Wir begehen keine Verbrechen, wir klären sie auf.“ Kunschewski winkte ab. „Aus der Nummer kommt ihr nicht raus. Ich habe euch auf Video aufgenommen.“

Emma und Lukas guckten sich an.

„Aber das kann doch gar nicht sein“, erklärte Lukas. „Wir …“

„… wollten nur unseren Ball zurück-holen“, erklärte Emma.

„Stimmt genau!“, bestätigte Lukas.

„Tja, Pech gehabt!“, sagte der Nachbar. „Ich habe bereits die Polizei gerufen. Und das Jugendamt übrigens auch. Kinder wie euch sollte man richtig erziehen!“

Da Kunschewski immer wütender wurde, flohen die beiden Kinder in den Spezial-Detektiv-Bus. Zu gern hätte Lukas den Nachbarn mit der Tinte und dem Stinke-strahl markiert, aber Emma hielt ihn zurück.

„Sollten wir nicht lieber Mama und Papa anrufen?“, fragte Emma. „Wir werden verdächtigt, gestohlen zu haben.“

Lukas überlegte, aber dann schüttelte er den Kopf. „Ich glaube, wir schaffen das alleine. Mama und Papa machen sich sonst nur unnötig Sorgen. Wir haben schon Schlimmeres alleine gewuppt, Emma. Und du weißt ja …"
Emma nickte. „Wir beide und die Nordsee überstehen jeden Sturm."
Die Kinder guckten abwechselnd durchs Teleskopauge. Vor dem geöffneten Garagentor parkte jetzt ein Polizeiwagen. Kommissar Stone stieg aus.
„Oje!", stöhnte Emma. „Der Kunschewski hat wirklich die Polizei gerufen. Kommissar Stone ist draußen."
Lukas riss die Augen auf. „Wenn die Polizei mitbekommt, was das hier für ein Bus ist und was der alles kann, nehmen die uns den bestimmt weg", flüsterte er.
„Aber wieso sollen die uns den Bus wegnehmen?", fragte Emma. „Der gehört doch uns."
„Das schon!", antwortete Lukas. „Aber ich bezweifle, dass unser Großonkel Janssen alle Spezial-Umbauten beim TÜV

angemeldet hat. Ich bin mir nicht sicher, ob das alles so erlaubt ist."
Lukas ließ vorsichtshalber die Schutzbleche vor den Fensterscheiben des Busses herunter und fuhr das Teleskoprohr ein. Jetzt sah der Detektiv-Bus von außen wie ein ganz gewöhnliches Fahrzeug aus. Bevor Emma und Lukas aus dem Bus stiegen, hörten sie, wie sich Kunschewski bei dem Kommissar über sie beschwerte: „Die Einbrecher verstecken sich da im Bus. Diese Gören heutzutage! So jung und schon so verdorben."
„Aber Herr Kunschewski!", wandte der Kommissar ein. „Das sind doch noch Kinder. Sie glauben doch nicht wirklich, dass die beiden bei Ihnen eingebrochen sind."
„Doch!", versicherte der Nachbar. „Ich habe die beiden auf Video aufgenommen. Das müssen Sie sich ansehen."
Die Nordseedetektive sprangen aus dem Bus und liefen zum Kommissar.
„Das waren wir nicht, Herr Stone!", rief Lukas.

„Wir wollten doch nur unseren Ball holen!“, erklärte Emma.
Der Kommissar hob die Hände. „Stopp, stopp, stopp! Nun mal ganz langsam. Wir gucken uns erst das Video an und dann sehen wir weiter.“
Kommissar Stone machte einen Schritt und unter seinen Füßen knirschte es. Der Polizist hob sein Bein, um zu sehen, worauf er getreten war. Lukas bückte sich sofort. Am Boden entdeckte er die Scherben einer zerbrochenen Teetasse. Lukas nahm eine Scherbe in die Hand

und betrachtete sie von allen Seiten. „Ich wette, Lang und Finger haben die Tasse hier verloren", murmelte er. Aufgeregt zeigte Herr Kunschewski auf die Scherben. „Das … das ist meine Tasse! Ähm, das war meine Tasse, Herr Kommissar. Sehen Sie? Die beiden Kinder sind gemeine Diebe. Ihr Lumpenpack, ihr!" Er hob drohend die Faust.
„Soso!", sagte Stone zu den Kindern und zog sich Gummihandschuhe an. „Den Ball wolltet ihr bei eurem Nachbarn holen? Das stellt sich hier gerade aber ganz anders dar."
„Wir haben die Tasse nicht gestohlen, Herr Kommissar!", erklärte Emma aufgeregt.
„Ganz bestimmt nicht!", versicherte Lukas.
Der Kommissar bückte sich, um die Scherben zu untersuchen. „Aber ihr gebt zu, dass ihr gestern auf dem Grundstück von eurem Nachbarn gewesen seid, oder?"
„Ja, schon, aber …", stammelte Lukas.
Es geschah nicht oft, dass er nicht mehr weiter wusste.

Der Kommissar legte die Scherben vorsichtig in eine durchsichtige Plastiktüte. „Das sind wichtige Beweismittel!“, brummte Stone. „Die werden wir im Labor nach Fingerabdrücken untersuchen.“
Lukas bekam feuchte Hände, aber er wollte auf keinen Fall zeigen, dass er

nervös war. Das würde ihn und Emma noch verdächtiger aussehen lassen. Er bemühte sich, ruhig zu klingen. „Jetzt sind auf den Scherben bestimmt meine Fingerabdrücke drauf, Herr Kommissar. Ich hab' sie ja eben angefasst. Aber es waren Lang und Finger, die bei unserem Nachbarn eingebrochen sind. Wir werden die beiden überführen."
Emma war sich da gerade nicht so sicher. Sie hätte sich am liebsten an ihren Stoffelefanten Rüssel gekuschelt. Wo war er nur? Sie rannte zum Bus. Zum Glück lag er auf dem Beifahrersitz. Sie drückte Rüssel fest an sich und ließ ihren Tränen freien Lauf. Auch Lukas fühlte sich hilflos. Die Nordseedetektive hatten das Gefühl, in einer Falle zu sitzen.

16. Kapitel

In seinem Wohnzimmer spielte Kunschewski dem Kommissar mehrere Videoaufzeichnungen vor. Emma und Lukas saßen angespannt auf dem Sofa. Auf einigen Ausschnitten war Lukas tagsüber mit einer Leiter zu sehen, mit der er sich dem Haus näherte. Er war sogar nachts beim Lassowerfen gefilmt worden.

Kommissar Stone sah die Kinder erstaunt an. „Na, ihr geht hier ja anscheinend ein und aus wie in eurem eigenen Wohnzimmer."

„Sie verstehen das falsch, Herr Wachtmeister!", versuchte Lukas zu erklären.

„Wir wollten wirklich nur unseren Ball holen und haben die Vogelscheuche mit dem Lasso gefangen."
Emma nahm ihren Mut zusammen und schluckte. „Sie müssen uns glauben. Wir haben das Geschirr nicht gestohlen. Das waren Lang und Finger. Die beiden waren sogar bei uns am Bus. Ich habe sie selbst gesehen. Sie wollten uns angreifen und …"
„Tja, das Blöde ist nur", sagte der Kommissar, „dass Lang und Finger auf dem Video nicht zu sehen sind. Aber dafür ihr beide."
Die Nordseedetektive sahen sich an.
„Naja", druckste Lukas herum, „vielleicht ist die Alarmanlage ja kaputt."
Herr Kunschewski räusperte sich.
„Ähm. Also … so ganz in Ordnung war sie in letzter Zeit nicht. Gestern gab es dauernd Alarm, da hab ich sie ausgeschaltet."
„Ausgeschaltet?", fragte Herr Stone ungläubig. „Also deshalb sieht man auf der Videoaufnahme nicht, dass jemand

Diebesgut aus dem Haus schleppt. So ist es sehr wahrscheinlich, dass genau in dieser Zeit der Einbruch stattgefunden hat.“
„Da sind Emma und ich uns ganz sicher, Herr Kommissar!“, versicherte Lukas.
„Ach, so habt ihr das gemacht, ihr Rotzlöffel!“, meckerte der Nachbar.
Emma schüttelte den Kopf. „Nicht wir. Lang und Finger!“
Der Kommissar schrieb alles genau mit. „Das werden wir erst noch herausfinden. Aber gut sieht es für euch beide leider nicht aus.“

17. Kapitel

Boss Nase blies seinen Zigarrenqualm zur Decke. Dort kämpfte eine Spinne in ihrem Netz mit der Ohnmacht. Die Ferienwohnung der Hubers war eigentlich eine Nichtraucherwohnung, roch aber inzwischen wie eine Räucherkammer. Wie dichter Nebel hingen die Rauchschwaden in den Räumen. Nuss hustete fast ununterbrochen. Er war so ziemlich gegen alles allergisch, was qualmte.

Seine Schleimhäute schwollen an und er bekam kaum noch Luft. Er öffnete das Fenster und atmete tief ein. Die salzige Meeresluft tat seinen Atemwegen gut.
„Mach das Fenster zu!“, forderte Boss Nase. „Glaubst du, ich will mich hier erkälten?“
„Aber hier ist so ein Mief“, näselte Nuss und putzte sich lautstark die Nase.
Boss Nase donnerte die Faust auf den Tisch. „Es sind schon viele erfroren, aber ganz bestimmt noch keiner ermieft!“
„Ermieft?“, wunderte sich Nuss. „Was soll das sein?“

„Frag nicht so blöd!", sagte Boss Nase. „Zeigt mir lieber eure Beute."

Taube breitete das Diebesgut auf dem Wohnzimmertisch aus. Er deutete auf das Teegeschirr von Wilhelm Kunschewski. „Also, hier haben wir dir etwas sehr Kostbares mitgebracht, Boss. Wertvolles ostfriesisches Teegeschirr – und garantiert echt."

Boss Nase nahm eine Lupe und untersuchte ein Stück nach dem anderen. „Hm", brummte er. „Da könntest du ausnahmsweise mal Recht haben.

Das Geschirr ist aus echtem Wallendorfer Porzellan aus Thüringen, Dekor Ostfriesenrose. Und auch noch handbemalt. Wirklich edle Stücke. Ich kenne einige Sammler, die dafür ein Vermögen hinblättern."
Taube und Nuss atmeten erleichtert aus.
„Allerdings ...", fuhr Boss Nase fort, „ist das Service leider nicht vollständig. Es fehlt eine Teetasse."
Erschrocken sahen sich Taube und Nuss an. „Aber das kann gar nicht sein!", behauptete Taube. „Es stand alles in der Vitrine."
Nuss nickte zustimmend. „Wir haben ganz bestimmt nichts vergessen oder zurückgelassen."
Die beiden Gangster durchsuchten noch einmal ihre Beute. Aber die Teetasse fanden sie nicht.
„Ich wette, ihr habt unterwegs was verloren", zeterte Boss Nase. „Damit habt ihr Versager nicht nur den Wert gemindert, sondern womöglich auch noch eine Spur hinterlassen. Hoffentlich nicht direkt hier vor dem Haus ..."

Nuss musste niesen, aber sagte dann mit krächzender Stimme: „Das war bestimmt, als wir vor den schrecklichen Kindern geflohen sind.“
Der Boss riss die Augen weit auf. „Ihr seid vor Kindern geflohen? Schon wieder? Seid ihr Waschlappen oder seid ihr Gangster?“
„Das sind nicht nur irgendwelche Kinder, Boss!“, erwiderte Nuss. „Sondern eine ganz böse und gemeine Brut.“
„Ganz genau!“, rief Taube. „Die Janssen-Kinder haben uns mit Farbe beschossen. Und mit so einem stinkigen Zeug.“
„Die zwei haben sogar einen Löwen auf uns gehetzt!“, behauptete Nuss. „Und gefährliche Schlangen!“
Bedrohlich erhob sich Boss Nase. Er blies den Qualm in das Gesicht von Nuss. „Was seid ihr bloß für bescheuerte Feuchtwarzen. Bringt das in Ordnung, und zwar schnell! Wenn ihr die Tasse findet und das Service komplett ist, kommen wir ins Geschäft.“
„Alles klar, Boss!“, sagte Nuss eifrig.

„Wir ziehen gleich los und besorgen das Teil. Wir müssen es ja auf dem Weg hierher verloren haben."

Boss Nase saugte an seiner Zigarre. „Nun gut. Das Dumme ist nur: Ihr werdet inzwischen ja selbst gesucht. Die haben sicher schon bemerkt, dass ihr von eurem Hafturlaub nicht wieder ins Gefängnis zurückgekehrt seid."

„Na und? Die suchen doch nach Lang und Finger. Aber wir heißen jetzt Taube und Nuss", sagte Taube stolz.

Boss Nase schlug sich entnervt mit der flachen Hand auf die Stirn. „O Mann. Ich habe es vielleicht mit zwei Hirnis zu tun. Ihr Spacken habt zwar die Namen verändert, aber doch nicht euer Aussehen."

„Kein Problem!", freute sich Nuss. „Gleich wirst du staunen."

Die beiden Gangster verzogen sich ins Schlafzimmer der Familie Huber. Kurze Zeit später kamen sie wieder und standen nun völlig verwandelt vor Boss Nase.

Der staunte nicht schlecht. Dann lachte er los. „Einfach zu gut. Der Taube im

Dirndl mit hochhackigen Schuhen. Kannst du so überhaupt gehen? Die blonden Haare stehen dir wirklich gut, aber der Drei-Tage-Bart passt einfach nicht zu einer echten Dame."

Nuss drehte sich in seinem Trachtenanzug einmal um die eigene Achse. „Und, wie findest du mich, Boss? Der Hut mit Gamsbart macht doch einen ganz anderen Menschen aus mir, oder?"

Nase klatschte in die Hände. „Steht dir ausgezeichnet. Du passt viel besser in die Berge als an die raue Nordsee. Aber als Ehepaar Huber geht ihr locker durch – zumindest im Dunkeln."

„Ja, aber wir können jetzt nicht warten, bis es dunkel ist", maulte Taube. „Dann sieht man doch nichts!"

Nuss nickte. „Lass uns aufbrechen, Taube. Wir suchen am besten erstmal bei den Janssen-Kindern in der Tunnelstraße."

18. Kapitel

Durch Kommissar Stones Verdacht waren die Nordseedetektive sehr verunsichert. Lukas bekam dadurch riesigen Hunger. Emma hingegen hatte fast keinen Appetit. Mama Sarah hatte für die Kinder Fischsuppe vorgekocht. Lukas schöpfte mit der Kelle Suppe in die Teller und reichte einen davon Emma. Seine Schwester war noch ganz blass im Gesicht und hielt mit dem linken Arm ihren Stoffelefanten Rüssel fest an sich gedrückt. „Sollen wir nicht doch Mama und Papa informieren, Lukas?“, fragte sie. Vorsichtig schlürfte sie die heiße Suppe. Lukas schüttelte den Kopf.

„Wir schaffen das auch alleine, Emma. Wem hilft es, wenn sich Mama und Papa Sorgen machen? Außerdem sind wir unschuldig.“

In dem Moment klingelte das Telefon. „Das ist bestimmt Mama!“, sagte Emma. Sie wusste meist im Voraus, ob ihre Mutter am Telefon war oder jemand anderes. So als hätte sie einen geheimen Klingelton. Obwohl Lukas dagegen war, wollte Emma ihrer Mutter alles erzählen und nahm sofort ab.

„Hallo, Emma!“, freute sich Mama Sarah. „Euch geht’s hoffentlich gut, oder?“

„Ja, Mama!“, antwortete Emma. „Wir essen gerade deine Fischsuppe. Wir ...“

Aber weiter kam Emma nicht. Mick Janssen rief gut gelaunt ins Telefon: „Juhu! Ich bekomme für meinen neuen Roman einen viel größeren Vorschuss, als ich gedacht hatte. Wir können dann

endlich die neuen Fahrräder kaufen!"
„Habt ihr das gehört, Emma?", sagte Mama Sarah. „Ist das nicht toll? Und wir sind sogar beide ganz spontan in die NDR-Talkshow im Fernsehen eingeladen worden. Als Künstlerpaar sozusagen. Davon gibt es ja in Deutschland nicht mehr viele. Es sind zwei Gäste der Runde ausgefallen und wir dürfen einspringen."

Emma spürte die Freude ihrer Eltern so sehr, dass sie es einfach nicht über sich brachte, ihnen von dem falschen Verdacht zu erzählen. Stattdessen sagte sie: „Oh, wie schön, Mama. Das müsst ihr unbedingt auch Lukas erzählen." Dann hielt Emma ihrem Bruder den Hörer hin.
„Hallo, Lukas. Wenn wir an der Talkshow teilnehmen wollen, müssen wir noch eine Nacht länger bleiben. Ist das in Ordnung?", fragte ihn Mama.
„Wenn was ist, dann meldet ihr euch einfach bei Frau von Hellershausen in Lütetsburg, okay?"
„Aber klar, Mama", versprach Lukas.
„Hier ist alles okay! Bleibt ruhig noch eine Nacht länger."
Mama Sarah war erleichtert. „Ach, ich bin so stolz auf meine beiden Kinder. Und ihr lasst euch bestimmt nicht wieder in einen Detektivfall verwickeln, oder?", lachte sie.
„Mach dir keine Sorgen, Mama!", sagte Lukas nur. „Wir winken euch dann vom Sofa aus zu, wenn ihr im Fernsehen seid."

Während Lukas noch seine nervöse Mutter am Telefon beruhigte, bemerkte Emma vom Fenster aus etwas. Ein sehr merkwürdig aussehendes Pärchen schlich draußen an der Villa Janssen vorbei. Emma fiel eine blonde Frau auf, die ein Dirndl trug. Sie hatte Mühe, das Gleichgewicht auf ihren hochhackigen Schuhen zu halten. Mehr als einmal knickte sie um und musste sich an ihrem Begleiter festhalten, der einen Hut mit Gamsbart trug. Der Herr steckte in seinem Trachtenanzug wie in einer Wurstpelle. Emma schüttelte den Kopf und kicherte. Aber dann stockte sie. Das Pärchen ging auf die Garage zu und machte sich am Tor zu schaffen. Emma versuchte, Lukas mit Gesten dazu zu bewegen, das Telefonat zu beenden. Sie deutete aufgeregt mit ihrem Finger auf das Fenster.

Lukas guckte hinaus und verstand sofort. „Ich muss jetzt Schluss machen, Mama!“, sagte er. „Sonst wird die Suppe noch kalt. Tschüs!“

Dann drückte er das Gespräch weg. Er musste sich beeilen. Lukas rannte nach oben ins Detektivbüro von Theodor C. Janssen und holte seine Digicam. Dann eilte er die Treppe wieder hinunter. Lukas zoomte mit der Kamera die Gesichter der beiden heran. „Was zum Teufel machen die da?“, fragte Lukas. „Lass mich mal sehen!“, bat Emma und nahm ihrem Bruder die Digicam aus der Hand. Als sie durchguckte, staunte sie.

„Ich glaub's ja nicht. Das sind doch Lang und Finger! Verkleidet als bayerisches Pärchen."
Lukas schnappte sich die Kamera und schoss einige Fotos. Er guckte aufs Display. „Da könntest du Recht haben, Emma."
Emma klammerte sich an ihren roten Stoffelefanten. „Die kommen doch wohl nicht hier rein, oder? Die zwei sind schon mal in die Villa eingebrochen. Ich glaube, die können uns nicht wirklich leiden."
Lukas spähte nach draußen. „Die suchen irgendwas."
„Vielleicht die Tasse, die sie verloren haben?", fragte Emma.
„Keine Ahnung", antwortete Lukas. „Aber ich ruf jetzt doch besser mal die Polizei!"

19. Kapitel

Kommissar Stone kam keineswegs mit Blaulicht zur Villa Janssen, wie die beiden Nordseedetektive erwartet hatten. Er radelte mit seinem alten Hollandrad in die Tunnelstraße. Sein Dienstwagen befand sich zurzeit in der Werkstatt.
Die beiden Gangster waren jedoch längst verschwunden, als der Polizist sein Rad schwer atmend vor der Villa Janssen abstellte. Aufgeregt berichteten Emma und Lukas ihm, was sie beobachtet hatten.
„Ihr beiden mit euren Anschuldigungen!", schnaufte Stone. „Ich habe euch doch schon mal gesagt, dass ich Beweise brauche."
Triumphierend holte Lukas seine Digicam.

„Ich habe Beweise, Herr Kommissar!“, sagte er.
Emma nickte. „Ich wette, dass da drauf Lang und Finger zu sehen sind.“
Kommissar Stones Brille war nur leider immer noch nicht repariert. Ohne sie und seinen Einsatzwagen fühlte er sich etwas hilflos, aber das wollte er vor Emma und Lukas natürlich nicht zugeben. Er hielt die Kamera dicht vor seine Nase und untersuchte das Foto so gut es ging. Der Polizist konnte einiges auf dem Display erkennen. Aber nicht alles.
„Die Personen da sind doch keine Gangster, sondern Feriengäste“, erklärte Herr Stone und tippte auf die blonde Frau. „Die Dame mit der wunderschönen Frisur ist Frau Taube. Ich hab’ das Ehepaar kürzlich besucht. Sie machen nur Ferien in der Wohnung der Familie Huber in Norddeich.“
Emma und Lukas schüttelten den Kopf.
„Aber das hier ist doch gar keine Frau“, erwiderte Emma. „Das ist Gangster Lang mit einer schlecht sitzenden Perücke.“

Lukas holte eine Lupe aus dem Büro seines Großonkels und hielt sie dem Polizisten hin. „Vielleicht gucken Sie nochmal genauer, Herr Stone."
Der Kommissar blickte durchs Glas der Lupe und staunte. „Tatsächlich! Vielleicht sind das doch Lang und Finger. Die Frau ist eindeutig ein Mann. Wir werden sofort eine Fahndung rausgeben. Nach einem Mann mit Gamsbart am Hut und einer Frau im Dirndl."
Emma und Lukas freuten sich. „Glauben Sie uns jetzt, dass wir nicht bei Herrn Kunschewski eingebrochen sind, Herr Stone?", fragte Emma.
„Also das muss erst noch eindeutig bewiesen werden!", antwortete der Polizist. „Die Ermittlungen sind noch in vollem Gange."
„Aber sie müssen uns glauben!", protestierte Emma. „Die haben das Geschirr gestohlen, nicht wir."
„Das werden wir ja sehen", antwortete der Polizist. „Tatsache ist, dass ihr mehrmals unerlaubt auf Herrn Kunschewskis

Grundstück gewesen seid. Außerdem wurde direkt vor eurem Haus ein wichtiges Beweismittel gefunden. Nämlich die gestohlene Teetasse, die eurem Nachbarn gehört. Ihr könnt den beiden nicht alles in die Schuhe schieben."

Dann schwang er sich wieder auf sein Hollandrad. Kommissar Stone ärgerte sich über sich selbst. Ja, er schämte sich sogar etwas. Er hatte die beiden Verbrecher in ihren Verkleidungen als Mann und Frau einfach nicht erkannt. Fast hätte er sich in die blonde Frau verliebt, als er sie in der Ferienwohnung in Norddeich vor herumschleichenden Gangstern gewarnt hatte. Aber davon durfte nie jemand etwas erfahren.

20. Kapitel

Seit Wochen hatte sich das Ehepaar Huber auf ihren Urlaub in Norddeich gefreut. Ihr Flugzeug von München nach Bremen war pünktlich gelandet. Der Zug nach Norddeich Mole lief mit etwa fünfzehn Minuten Verspätung in Ostfriesland ein. Einige Mitreisende hatten Sorge, ihre Fähre auf die Insel Juist zu verpassen. Das letzte Schiff drohte, ohne sie abzufahren. Und da die Insel nur erreichbar war, wenn das Schiff genügend Wasser unter dem Kiel hatte, konnte bei Ebbe kein weiteres auslaufen. Die Gäste, die auf die Insel Norderney wollten, waren wesentlich entspannter. Denn für sie waren noch zwei weitere Fährverbindungen möglich. Für Norderney gab es eine ausgebaggerte Fahrrinne. Somit war diese Insel auch bei Ebbe gut erreichbar.

Aber die Hubers hatten auch nicht vor, auf eine Insel zu fahren. Sie wollten ein paar Tage in ihrer Ferienwohnung verbringen, um am Drachenfest direkt am Norddeicher Strand teilzunehmen. Doch als Frau und Herr Huber in Norddeich Mole den Zug verließen, wurden sie nicht nur von hungrigen Möwen empfangen, sondern auch von zwei Polizisten. Die Hubers waren die einzigen Feriengäste, die bayerische Tracht trugen. Deshalb fielen sie in der Menge sofort auf.

Kommissar Stone stellte sich den beiden in den Weg und sagte streng: „Ihr Spiel ist aus! Sie sind vorläufig festgenommen!" Frau Huber guckte verwirrt und schnappte nach Luft. „Wie? Was? Also das ist ja eine Unverschämtheit!" Sie funkelte ihren Mann an. „Schorschi, sag bloß, du hast auf der Pferderennbahn wieder einmal Schulden gemacht?", zischte sie.
„Diesmal nicht, Gerlinde!", raunte Herr Huber zurück. „Ganz bestimmt nicht." Dann wandte er sich an Kommissar Stone. „Wir sind unschuldige Bürger, Herr Wachtmeister ... "
„Wir wissen genau, wer Sie sind. Hände auf den Rücken!", befahl der Kommissar. Schon klickten die Handschellen und das Ehepaar Huber wurde abgeführt.

Währenddessen stampfte Boss Nase in der Ferienwohnung der Familie Huber auf und ab. Er kochte vor Wut. „Ich kann eure faulen Ausreden nicht mehr hören! Entweder ihr bringt mir die Tasse oder ich rufe die Polizei und verpfeife euch."

„Och", schmollte Taube, „das ist aber gemein!"

„Wir haben echt überall gesucht, Boss!" behauptete Nuss. „Aber die Tasse ist wie vom Erdboden verschluckt."

„Bestimmt haben diese schrecklichen Janssen-Kinder die Tasse …", orakelte Taube. „Vielleicht können wir sie ihnen abkaufen!"

„Abkaufen?!", schimpfte Boss Nase. „Ich habe mich wohl verhört. Wir sind Gangster, habt ihr das vergessen? Wir rauben und stehlen. Wir sind doch keine Buchhändler auf dem Flohmarkt …"

„Ja, und was sollen wir dann machen?", fragte Taube.

Grimmig funkelte der Boss ihn an. „Ihr sollt ihnen die Ohren lang ziehen, bis sie euch verraten, wo diese verflixte Tasse ist! Versohlt ihnen die kleinen Hintern! Macht ihnen Angst! Zeigt ihnen, dass ihr die Gangster seid und sie nur Grundschüler!"

Taube wog den Kopf hin und her. „Also wenn ich ehrlich bin, habe ich Angst vor denen …"

Nuss knuffte ihm in die Seite. „Mein Kumpel meint das nicht so, Boss. Das sollte ein Witz sein …"
„Nein, das ist kein Witz! Die können sooo gemein sein. Die sind kein bisschen erzogen. Keinen Respekt vor Erwachsenen … Die sind schlimmer als wir!"
Boss Nase funkelte die zwei Gangster an. „Entweder ihr bringt mir die Tasse oder ihr wandert wieder in den Knast! Das ist mein letztes Wort."

21. Kapitel

In Ostfriesland heißt es: „Man sieht in diesem flachen Land samstags schon, wer sonntags zu Besuch kommt.“ Das war zwar übertrieben, aber Emma und Lukas erkannten die Gangster trotzdem schon von Weitem.

Taube und Nuss schlichen auf dem Deich in Richtung Villa.

Emma rannte zum Telefon und rief Kommissar Stone an. Inzwischen hatte Frau Huber bei der Polizei beweisen können, dass sie kein Mann war. Stone versprach Emma, sofort zu kommen. Er forderte Verstärkung aus Aurich an.

Dann bestieg er sein Fahrrad. Er hatte beschlossen, sich bald ein E-Bike zuzulegen, denn so langsam schmerzten seine Oberschenkel.
Lukas schnappte sich sein Lasso und kletterte auf den großen Birnbaum.
Emma lief zu Kunschewski hinüber, um Hilfe zu holen – allerdings nicht Herrn Kunschewski, sondern seinen Wachhund Hasso. Sie öffnete den Zwinger und ließ den Hund frei.

Der ostfriesische Wind hatte Taubes blonde Perücke zerzaust. Eine Böe wehte Gangster Nuss den Hut vom Kopf. Er lief hinterher und konnte ihn gerade noch erwischen, bevor sie die Villa Janssen erreichten.
Dann standen die beiden vor der Tür der Villa und Taube klingelte.
„Macht auf, Kinderlein, Tante Taube ist hier …“, flötete er. „Gleich werdet ihr euer blaues Wunder erleben.“
Emma half Hasso über den Zaun.
Der Hund wusste sofort, was von ihm erwartet wurde. Er rannte auf Taube und Nuss zu und sprang freudig kläffend an ihnen hoch. Taube bekam sofort Angst, besonders, weil Hasso versuchte, ihm übers Gesicht zu schlecken.
Zitternd klammerte er sich an Nuss.
Das war der Augenblick, auf den Lukas gewartet hatte. Er schwang sein Lasso, bis die Wurfschlinge weit genug geöffnet war. Dann ließ er sein Lasso durch die Luft sausen. Gleich der erste Versuch war ein Treffer.

Da die Gangster so nah zusammenstanden, fing er beide gleichzeitig ein. Flink kletterte er vom Baum und zog am Seil. Die beiden Gangster verloren das Gleichgewicht und fielen um. Hasso bellte sie an. Aneinandergeklammert krochen Taube und Nuss auf den Birnbaum zu. Ächzend rappelten sie sich auf. Erfolglos versuchten sie, auf den Baum zu klettern, um sich vor dem Hund in Sicherheit zu bringen. Schließlich versteckten sie sich hinter dem Birnbaum. Das war ein Fehler, denn so gelang es Emma und Lukas, das Seil noch zweimal um sie herumzuwickeln und sie an den Baumstamm zu binden.
Taube zappelte mit den Füßen und rief: „Ich will mit diesen Kindern nichts zu tun haben, da gehe ich lieber in den Knast. Und ich hasse Hunde!“ Doch je mehr die beiden sich wehrten, umso enger zogen die Nordseedetektive die Schlinge.
In diesem Augenblick hielt ein Wagen vor der Villa Janssen. Frau Susie Gerade vom Jungendamt stieg aus.

Herr Kunschewski hatte sie angerufen. Was sie sah, war schlimmer als all ihre Erwartungen. „Was macht ihr denn da? Lasst den Mann und die Frau los!“ Dann wandte sie sich an die beiden Gangster: „Mich haben die Kinder auch schon mal an diesen Apfelbaum gebunden, müssen Sie wissen.“

„Liebe Frau Gerade“, sagte Emma, „das ist keine Frau, sondern ein Mann.“

„Und es ist auch kein Apfelbaum, sondern ein Birnbaum!“, belehrte Lukas Frau Gerade.

„Es reicht!“, schnaubte die wütend. „Ich rufe jetzt die Polizei!“

„Gute Idee!“, rief Emma. „Aber das hab’ ich schon gemacht.“

In dem Moment kam Kommissar Stone keuchend mit seinem Hollandrad bei der Villa Janssen an.

„Bravo, Kinder!“, rief er und lehnte sein Fahrrad an den Zaun. „Das habt ihr wunderbar gemacht. Ich bin gekommen, so schnell ich konnte. Ich hätte gleich auf euch hören sollen!“

Völlig verdattert sah Frau Gerade den Kommissar an. „Ja, aber … ich dachte, die Kinder stiften mal wieder Unruhe.“ „Blödsinn!“, erklärte der Polizist. „Die beiden doch nicht. Das sind die Nordseedetektive. Wissen Sie das denn nicht, Frau …?“ „Gerade!“, antwortete die Frau vom Jugendamt. „Susie Gerade.“

Schon fuhr die Polizeiverstärkung aus Aurich vor. Zwei Beamte stiegen aus dem Auto und gingen auf den Birnbaum zu. Wenige Augenblicke später schlossen sich Handschellen um die Handgelenke von Taube und Nuss.

22. Kapitel

Erleichtert machten es sich Emma und Lukas vor dem Fernseher in der Villa Janssen gemütlich. Sie wollten sich die Talkshow ihrer Eltern ansehen. Vor der Sendung telefonierten sie noch mit ihnen.
„Wir sind ja so aufgeregt!“, sagte Mick Janssen ins Telefon.
„Ach, ihr schafft das schon, Papa!“, beruhigte Emma ihren Vater. „Seid einfach so wie immer, okay?“
„Und ist bei euch zu Hause alles in Ordnung?“, wollte Mama Sarah wissen.
„Na klar!“, sagte Lukas grinsend. „Hier

ist alles in Butter. Nur ein bisschen langweilig. Aber die Fischsuppe schmeckt echt lecker!"
„Ach, wie schön!", seufzte Mama Sarah. „Wir machen uns morgen so früh wie möglich auf den Weg nach Hause. Und dann holen wir euch von der Schule ab und machen was Schönes, okay? Wir vermissen euch sehr. Oh, ich muss Schluss machen. Es geht los. Drückt uns die Daumen!"
Kurz darauf sahen Emma und Lukas Mama und Papa in der Talkshow.
Als ihre Eltern ihnen aus dem Fernseher zuwinkten, winkten die Nordseedetektive zurück.
„Bis morgen, ihr zwei!", jubelte Emma und kuschelte sich an ihren roten Stoffelefanten.

Am nächsten Tag hatten Emma und Lukas Mühe, dem Unterricht zu folgen. So sehr freuten sie sich auf ihre Eltern. Immer wieder sah Emma aus dem Fenster des Klassenzimmers, um zu sehen,

ob Mama und Papa schon draußen warteten. Die beiden Nordseedetektive wollten ihren Eltern vom kaputten Küchenfenster erzählen. Vielleicht könnten sie es ihnen ja bei Tee und Kuchen im *Café ten Cate* beibringen, hatte Emma überlegt. Und Lukas wusste auch, dass sein Papa die Marzipanseehunde von Jörg und Monika Tapper so liebte.
Als die Schulglocke klingelte, rannten Emma und Lukas aus ihren Klassenzimmern. Wie versprochen standen Sarah und Mick Janssen vor dem Schulhaus und nahmen ihre Kinder voller Freude in die Arme.
„Na endlich!“, freute sich Mama Sarah und drückte Emma und Lukas an sich.
Kurz darauf saß Familie Janssen im *Café ten Cate*. Emma biss in ein Quarkbällchen und Lukas schlürfte seinen Kakao.
„Wir müssen euch was sagen“, fing Lukas an. „Also, in der Küche da …“
Aber Mick Janssen hörte gar nicht richtig zu. Er roch an seinem Seehund

aus Marzipan und biss ein Stück davon ab. „Köstlich!“, schwärmte er. „Einfach köstlich. Wie schön, wieder hier zu sein.“
„Papa, wir …“, wollte Emma fortfahren. Doch Mama Sarah unterbrach ihre Tochter: „Hamburg war einfach ein Traum. Die Talkshow war das Aufregendste, was ich je erlebt habe, Kinder.“
„Ihr wart wirklich ganz toll, Mama!“, freute sich Lukas. „Aber in der Küche, da …“
„Du meinst das kaputte Küchenfenster?“, fragte Papa.
„Ihr wisst davon?“, staunte Emma.
Mama Sarah lachte. „Bevor wir euch abgeholt haben, waren wir zu Hause. Da haben wir es gesehen.“
„Es tut mir leid, Mama, ich …“, wollte Lukas erklären.
Aber Papa Mick winkte ab. „Das erzählt ihr später. Wir kriegen das schon wieder hin. Was haltet ihr davon, wenn wir heute noch einen Familienausflug machen?“
„Na, klar! Und wohin?“, wollte Emma wissen.

„Wir gehen heute ins Teemuseum!“, freute sich Papa Mick.
Emma und Lukas sahen sich an. „Ins Teemuseum?“
„Na ja!“, erklärte Papa Mick. „Ich muss für meinen neuen Kriminalroman Ideen sammeln. Und ich dachte, ein Einbruch im Teemuseum wäre doch eine spannende Idee, oder was meint ihr?“
Emma und Lukas dachten, sie hätten sich verhört. Ihre Eltern hatten ja weder

von dem Einbruch im Teemuseum noch von ihrem neuen Abenteuer als Nordseedetektive etwas mitbekommen.

Lukas musste aufpassen, nicht laut loszulachen. „Aber Papa!“, sagte er. „Glaubst du wirklich, irgendein Blödmann käme auf die Idee, im Teemuseum einzubrechen?“

„Was glaubt ihr denn?“, fragte Mama Sarah und nippte an ihrem heißen Tee. „Dort gibt es altes und sehr wertvolles Teegeschirr und Silberbesteck. Ausgestellt in Glasvitrinen. Das müsst ihr euch unbedingt ansehen.“

Emma und Lukas konnten kaum ein Kichern unterdrücken.

„Na dann!“, sagte Lukas grinsend.

Und Emma ergänzte: „Auf ins Teemuseum!“

Bettina Göschl ist mit ihren Kinderliedern aus der KiKA-Sendung *SingAlarm* bekannt. Mit „Ostfriesenblues“ und „Ostfriesentango“ begleitet sie Klaus-Peter Wolfs Krimiwelt auch für Erwachsene musikalisch. Sie hat zahlreiche Kinderbücher veröffentlicht, und ihre Drehbücher für das Kinderfernsehen sind preisgekrönt. Zuletzt ist das Bilderbuch *Paffi. Ein kleiner Drache und das Kätzchen* bei **JUMBO** erschienen.

Klaus-Peter Wolf zählt zu den erfolgreichsten deutschen Autoren. Seine Ostfriesenkrimis und fast fünfzig Kinderbücher wurden in sechsundzwanzig Sprachen übersetzt und über dreizehn Millionen Mal verkauft. Seine Drehbücher, u. a. für den *Tatort,* sorgen für beste Einschaltquoten. Er erhielt zahlreiche Auszeichnungen und ist Mitglied im PEN-Zentrum Deutschland.

Franziska Harvey wurde 1968 in Frankfurt am Main geboren, verbrachte jedoch einen Großteil ihrer Kindheit in Argentinien. Sie studierte Grafikdesign an der Fachhochschule Wiesbaden und arbeitet seitdem als freie Illustratorin, insbesondere für Kinderbücher. Mit ihrem unverkennbaren lebendigen Tuschestrich hat sie bereits über zweihundert Kinderbücher bebildert. Neben der beliebten Reihe *Die Nordseedetektive* sind bei **JUMBO** unter anderem *Romeo und Julia* und die Reihe *Die Wunderzwillinge* mit ihren Illustrationen erschienen.

Spannende Fälle mit

Buch · ISBN 978-3-8337-3382-6
136 Seiten mit vielen farbigen Illustrationen

Buch · ISBN 978-3-8337-3485-4
152 Seiten mit vielen farbigen und schwarz-weißen Illustrationen

Buch · ISBN 978-3-8337-3533-
168 Seiten mit vielen farbigen u
schwarz-weißen Illustrationen

Und wer lieber genüsslich zuhören möchte ...

CD Folge 1
ISBN 978-3-8337-3408-3

CD Folge 2
ISBN 978-3-8337-3502-8

CD Folge 3
ISBN 978-3-8337-3534-9

„Clevere Kids, ein herzensguter aber leicht verpeilter Vater, eine Mutter, die ständig auf Tournee ist und ein Handbuch für gute Detektive, mehr braucht man nicht für einen guten Kinderkrimi."
Veit Hoffmann, Buchhandlung Hoffmann in Achim

den Nordseedetektiven

Buch · ISBN 978-3-8337-3597-4
160 Seiten mit vielen farbigen und schwarz-weißen Illustrationen

Buch · ISBN 978-3-8337-3683-4
176 Seiten mit vielen farbigen und schwarz-weißen Illustrationen

Buch · ISBN 978-3-8337-3971-2
148 Seiten mit vielen farbigen und schwarz-weißen Illustrationen

CD Folge 4
ISBN 978-3-8337-3613-1

CD Folge 5
ISBN 978-3-8337-3684-1

CD Folge 7
ISBN 978-3-8337-4022-0

„Logisches Denken, die richtigen Schlüsse ziehen, handeln: spannende Spurensuche für Nachwuchsdetektive."

yango family über *Die Nordsee-detektive. Das geheimnisvolle Haus am Deich*

Buch · ISBN 978-3-8337-4137-1
164 Seiten mit vielen farbigen und schwarz-weißen Illustrationen

Buch · ISBN 978-3-8337-4293-4
172 Seiten mit vielen farbigen und schwarz-weißen Illustrationen

Buch · ISBN 978-3-8337-4457-
160 Seiten mit vielen farbigen und schwarz-weißen Illustration

CD Folge 8
ISBN 978-3-8337-4151-7

CD Folge 9
ISBN 978-3-8337-4307-8

CD Folge 10
ISBN 978-3-8337-4458-7

„Das Buch ist eine grandiose Kriminalgeschichte, die durch und durch spannend und fesselnd geschrieben ist." AJuM der GEW
über *Die Nordseedetektive. Das geheimnisvolle Haus am Deich*

Buch • ISBN 978-3-8337-4575-1
ca. 136 Seiten mit vielen farbigen und schwarz-weißen Illustrationen

CD ISBN 978-3-8337-4620-8

Die Geheimnisse des Meeres

Eines Nachts entdecken Emma und Lukas einen Leuchtturm, der wie aus dem Nichts aufgetaucht zu sein scheint. Als sie ihn am nächsten Tag besuchen, treffen sie auf die beiden Leuchtturmwärter Anneke und Onno F. Riese, die den Kindern nicht nur interessante Dinge über Leuchtfeuer berichten, sondern auch viel über die Tiere des Meeres, Ebbe und Flut, Walfänger und Piratinnen zu erzählen haben. Doch ihr eigenes Geheimnis – wie und woher sie so plötzlich hergekommen sind – lüften sie nicht ...
Eingebettet in diese Rahmenhandlung, werden jede Menge spannender Fakten rund ums Meer vermittelt. So lernt man zusammen mit Emma und Lukas einiges über Natur, Kultur und geschichtliche Ereignisse.

JUMBO
Neue Medien & Verlag GmbH
Henriettenstr. 42 a • 20259 Hamburg
jumboverlag.de • info@jumbo-medien.de
facebook.com/jumboverlag

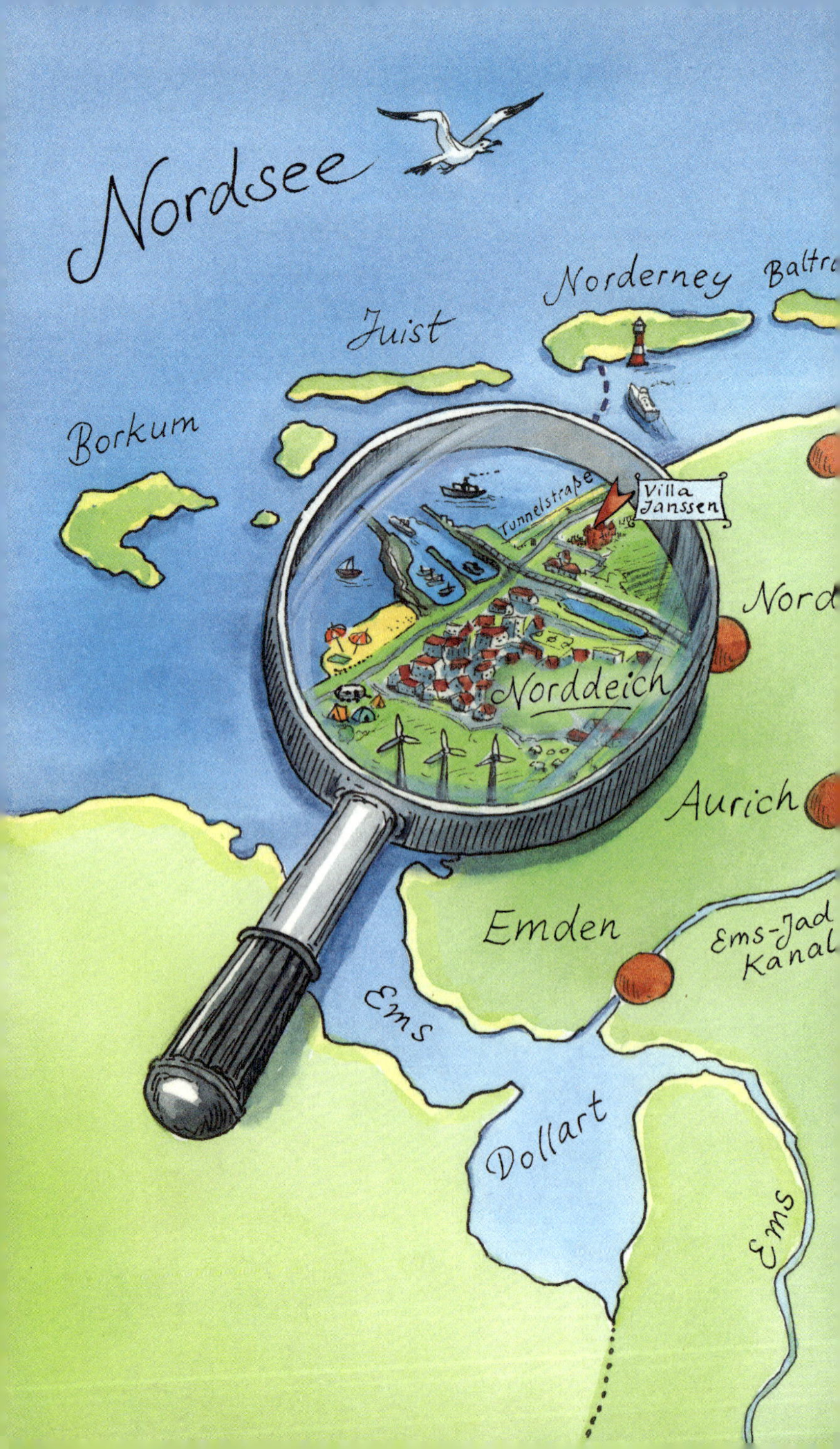
Nordsee
Borkum
Juist
Norderney
Baltr
Villa Janssen
Tunnelstraße
Norddeich
Nord
Aurich
Emden
Ems-Jad
Kanal
Ems
Dollart
Ems